KÜMEDUNGUN:
TRAJETÓRIAS DE VIDA E A ESCRITA DE SI
DE MULHERES POETAS MAPUCHE

MARGEM DA PALAVRA
SELO DA EDITORA URUTAU
rua do cajú, 478,
jardim das cerejeiras, cotia — sp,
brasil
06724-015

avenida peirao besada, 6, 2D,
poio (pontevedra)
36163
espanha

Tel. [55 11] 94859 2426
[34] 644951354

contato@margemdapalavra.com.br
www.margemdapalavra.com.br

Dados Internacionais de Catalogação na Publicação (CIP)
— Vagner Rodolfo da Silva, CRB-8/9410

Molina, Valentina Paz Bascur
M722k Kümedungun: trajetórias de vida e a escrita de si de mulheres poetas mapuche / Valentina Paz Bascur Molina. — Cotia-SP: Margem da Palavra, 2021. — 120 p.; 15,5x21 cm.

ISBN: 978-65-87814-04-9

1. Ciência política. 2. Sociologia. I. Título.

CDD 320
CDU 32

Índice para catálogo sistemático:
1. Literatura 320
2. Literatura 32

KÜMEDUNGUN: TRAJETÓRIAS DE VIDA E A ESCRITA DE SI DE MULHERES POETAS MAPUCHE

VALENTINA PAZ BASCUR MOLINA

MARGEM DA PALAVRA
2021

edição | Debora Ribeiro Rendelli e Wladimir Vaz
preparação de texto e revisão | Alexandra Resende
diagramação | Victor Prado
capa | Wladimir Vaz

SUMÁRIO

Apresentação
[7]

Introdução
[9]

Nunca fuimos el pueblo señalado, pero nos matan en señal de la cruz
[25]

Diálogos entre trajetórias e obras de mulheres poetas Mapuche
[49]

"O ofício de escrever-se": construção da subjetividade através da escrita
[79]

Considerações finais
[105]

Referências
[111]

APRESENTAÇÃO

O presente livro é resultado da pesquisa realizada durante meus estudos de mestrado no Programa de Pós-Graduação em Estudos Interdisciplinares sobre Mulheres, Gênero e Feminismo, da Universidade Federal da Bahia, nos anos 2016 até 2019.

Nesta dissertação procurava-se articular os aspectos teóricos dos Estudos de Gênero com o campo, através de análises de algumas obras de escritoras indígenas mapuche, e com as suas trajetórias de vida. O trabalho de campo foi realizado nos anos 2017 e 2018, em Temuco — território de Wallmapu/Chile — e em Santiago, onde as escritoras gentilmente me receberam nas suas casas e locais de trabalho, para realização de entrevistas.

No ano 2020, o texto da dissertação foi submetido à chamada da Editora Urutau que, através do seu selo acadêmico Margem da Palavra, abriu a possibilidade para publicações acadêmicas na área de Letras e Literatura.

Agradeço profundamente a todas as pessoas que contribuíram para a publicação deste livro, mantendo o tom familiar e comunitário que este processo sempre teve, pois não há nada que possamos realizar sem ajuda dos outros.

Temuco — território de Wallmapu,
janeiro de 2021.

INTRODUÇÃO

Ao falar sobre escritoras mapuche, nos remetemos a um contexto mais amplo relacionado à literatura mapuche. Existem questionamentos acerca do que pode ser compreendido como literatura mapuche, já que encontra-se numa constante tensão entre a oralidade e a escrita. Na cultura mapuche existem tradições orais de grandes relatos, nas quais destacam-se os *Ül*, poemas cantados principalmente por mulheres, assim como desde o *Mapudungun* — língua ancestral mapuche — o dom de articular "boas palavras" entende-se como *Kümedungun*.

As narradoras, escritoras e poetas têm registrado a luta para que as expressões artísticas do povo mapuche sejam reconhecidas enquanto literatura, já que observamos que as dinâmicas de exclusão encontram-se assentadas nas raízes da colonização europeia que valoriza a tradição escrita e o espanhol como língua oficial, e na formação dos Estados Nacionais que excluem as narrativas contra hegemônicas dos povos indígenas.

O processo de maior resgate das expressões poéticas mapuche aconteceu no fim do século XIX e início do século XX, com o objetivo cientificista de registrar características de um povo que se pensava estar condenado ao desaparecimento, após a derrota militar frente ao exército chileno e a oficialização do território mapuche enquanto propriedade do Estado Chileno em 1881. Os registros foram realizados principalmente por homens brancos, cujos discursos estavam baseados no positivismo, na ideia de que existiam povos superiores aos outros e que eles enquanto pesquisadores podiam falar em lugar desses povos. Nesse contexto, os mapuche eram reconhecidos apenas como informantes. Pesquisadoras destacam que os registros foram facilitados principalmente por homens, ainda que os cantos fossem tipicamente femininos. Quer dizer, mulheres mapuche criaram formas próprias de expressão artística, ligadas às atividades cotidianas, e transmitidas através das gerações, mas estas foram registradas pelos homens. Nesse sentido, houve um apagamento e invisibilização das vozes de mulheres no resgate das expressões poéticas.

Nessa mesma linha, as pesquisas apontam uma série de categorizações que pretendem encaixar a poesia mapuche no cânone literário, a partir de parâmetros coloniais. Assim, Maribel Mora (2010) alerta que

> [...] Desde una visión amplia, resulta cada vez más difícil señalar — o no — como poesía tal o cual producción verbal estética indígena, sin tensionar las clasificaciones literarias actuales y las que los propios pueblos indígenas aplican a sus producciones estético-verbales. (MORA, 2010, p. 7)

Outro elemento que deve ser levado em consideração é que a poesia mapuche está em constante trânsito entre as práticas da oralidade e da escrita, incluindo os registros históricos realizados por pesquisadores não mapuche. É importante evitar as abordagens evolucionistas que consideram como primordial a oralidade e que acreditam nas expressões escritas como mais próximas da civilização.

Para além das categorizações, e com o fim de demarcar as expressões poéticas do povo mapuche, Maribel Mora (2012) define que

> Los estudios realizados hasta el momento hablan de "poesía mapuche" para designar un conjunto de textos poéticos escritos por autores mapuche que reivindican su origen, cuya temática apela de alguna manera a sus realidades sociales, culturales, poéticas e históricas. (MORA, 2012, p. 301)

Em relação ao tema específico que aborda esta pesquisa, embora as expressões poéticas femininas sempre estivessem presentes na cultura mapuche, é só a partir da década de 1980 que elas ganham maior visibilidade, com os *Talleres Literarios*, uma plataforma de encontro e divulgação das criações poéticas de mulheres mapuche. Fernanda Moraga (2010) identifica algumas linhas discursivas que aparecem na literatura de mulheres: discursos políticos, memória ancestral, enunciação em conflito e outras que não se referem explicitamente à cultura mapuche. A visibilização destas escritoras visa a revitalização e recuperação da cultura mapuche através da literatura.

A presente investigação pretende apresentar as trajetórias de vida de três escritoras mapuche, que tem se destacado no cenário literário chileno nas últimas décadas. A partir do diálogo entre as suas trajetórias de vida e obras, cabe nos perguntar: Como as mulheres poetas mapuche criam seus processos de subjetividade?

Através das narrativas de vida dessas mulheres indígenas — a saber, Maribel Mora Curriao, Graciela Huinao e Rayen Kvyeh —, consideramos que elas, por meio da criação literária, expressam formas de vida que se contrapõem às identidades impostas, sejam sociais, raciais étnicas e de gênero.

O objetivo é refletir acerca da construção de suas subjetividades através do ofício de escrever-se. Acreditamos na importância das análises voltadas para as experiências e trajetórias de mulheres mapuche, pois elas podem contribuir com a desconstrução dos imaginários coloniais, racistas e sexistas.

Assim, este trabalho aspira realizar contribuições à construção de uma epistemologia feminista e descolonial que compreende as mulheres indígenas como protagonistas da produção do conhecimento a partir de suas experiências de vida. Para além de considerar a experiência como fonte de conhecimento, acreditamos que uma pesquisa que visa recuperar as trajetórias de vida de mulheres indígenas propõe repensar os parâmetros daquilo que é considerado como conhecimento, saberes, experiências, assim como repensar aspectos da escuta atenta e dos diálogos possíveis entre o formato acadêmico e a vida das mulheres.

Sandra Harding (1998) traz alguns princípios da pesquisa feminista, pensando numa metodologia que, dentro das suas problematizações, inclui o papel da pesquisadora, reconhecendo suas implicâncias na pesquisa:

> Significa más bien, como veremos, explicitar el género, la raza, la clase y los rasgos culturales del investigador y, si es posible, la manera como ella o él sospechan que todo eso haya influido en el proyecto de investigación — aunque, desde luego, los lectores sean libres de llegar a hipótesis contrarias respecto de la influencia del investigador o investigadora en su análisis. Así, la investigadora o el investigador se nos presentan no como la voz invisible y anónima de la autoridad, sino como la de un individuo real, histórico, con deseos e intereses particulares y específicos. (HARDING, 1998, p. 25)

A proposta dos saberes localizados (HARAWAY, 1995) permite alcançar o rigor da objetividade precisamente nos situando dentro da pesquisa.

> [...] A objetividade revela-se como algo que diz respeito à corporificação específica e particular e não, definitivamente, como algo a respeito da falsa visão que promete transcendência de todos os limites e responsabilidades. A moral é simples: apenas a perspectiva parcial promete visão objetiva. [...] A objetividade feminista trata da localização limitada e do conhecimento localizado, não da transcendência e da divisão entre sujeito e objeto. Desse modo podemos nos tornar responsáveis pelo que aprendemos a ver. (HARAWAY, 1995, p. 21)

Portanto, ditas bases exigem uma revisão em torno de minha própria trajetória enquanto pesquisadora proveniente de um contexto onde se localiza a maior população indígena do país e isso se expressa através das relações que constroem o nosso cotidiano.

Acredito que seja relevante mencionar que nasci e cresci no sul do Chile, local que historicamente têm sido alvo de conflitos entre o Estado chileno e o povo Mapuche. A partir da visão Mapuche me identifico enquanto *winka*, ou branca, ou estrangeira. Portanto, o acesso que tive acerca das experiências do povo Mapuche em seu território ancestral deve-se principalmente à convivência intercultural dada no meio urbano, mas não isenta de conflitos e contradições. Entretanto, o acesso têm sido através dos meus vínculos pessoais, ensino formal, e, principalmente, ao meio acadêmico no qual desenvolvo esta pesquisa. Esta curta trajetória vinculada à pesquisa com o povo Mapuche está contida por uma série de contradições, já que comecei a realizar os meus estudos universitários no Brasil e foi que o meu interesse e identificação com o tema foram despertados. Posteriormente, as temáticas vinculadas ao feminismo descolonial e antirracista me levaram a intensos questionamentos sobre as mulheres mapuche com as quais convivi durante esta trajetória, e principalmente aquelas imersas no cenário artístico chileno.

São inúmeros os marcadores sociais que me fazem refletir sobre as proximidades e distâncias com as protagonistas desta investigação, pois neste trabalho serão abordadas temáticas relacionadas ao gênero, colonialismo, diferenças de classe e raça/etnia. Questões que têm se tornado provocativas para um debate constante e encarnado dentro da pesquisa, já que permitem refletir e questionar em torno dos próprios privilégios e em como estes marcadores são constitutivos tanto da realidade social, quanto das subjetividades das mulheres.

Assim, durante o processo de elaboração desta pesquisa foi possível estabelecer alguns pontos de encontro com as mulheres, já que os processos de autogestão e a luta por levar adiante um projeto pessoal-político tornaram-se de grande inspiração. Cabe mencionar que o desenvolvimento da minha pesquisa foi realizado sem apoio institucional, apenas com recursos obtidos a partir da autogestão. Reflito em torno da procura por condições materiais, psíquicas e espirituais, as quais permitiram a possibilidade de me dedicar exclusivamente à atividade acadêmica ou à escrita como trabalho principal.

As principais razões que me motivam para a realização desta pesquisa são por considerar que estas mulheres têm se tornado grande referência para o meio acadêmico, literário e social no Chile. A relevância de suas experiências como fontes de conhecimento faz com que suas trajetórias se transformem em referência para outras mulheres e, inclusive, para as próximas gerações de poetas indígenas.

Margareth Rago (2013) nos ajuda a pensar no sentido libertário destas trajetórias para além da sua identificação com o feminismo:

> [...] Considero os feminismos como linguagens que não se restringem aos movimentos organizados que se autodenominam feministas, mas que se referem a práticas sociais, culturais, políticas e linguísticas, que atuam no sentido de libertar as mulheres de uma cultura misógina e da imposição a um modo de ser ditado pela lógica masculina nos marcos da heterossexualidade compulsória. (RAGO, 2013, p. 2 8)

Nesse sentido, as noções de libertação das mulheres possuem diversos significados dependendo da vivência de cada uma, já que estão pautados por marcadores culturais, sociais, entre outros.

Em vista disso é que ao falar sobre feminismos é fundamental levar em conta as complexidades do gênero, classe e raça, etnia, e geração; pois compreendemos que as opressões são diferentes e que assim como as mulheres de classe média chilena conquistaram oportunidades e privilégios, as mulheres indígenas ainda compõem um cenário de precarização laboral, do acesso restrito à terra, do apagamento da língua e da cultura. Alda Brito da Motta (1999) explica a relação entre estes marcadores sociais a partir do que ela define como uma múltipla pertinência na hora da formação das subjetividades ou identidades de grupos sociais. Definidas como categorias relacionais ou da experiência, explica que estas:

> [...] Expressam diferenças, oposições, conflitos e/ou alianças e hierarquias provisórias. Provisórias, porque na dialética da vida os lugares sociais se alternam, as situações sociais desestruturam-se e reconstroem-se em outros moldes. (BRITO DA MOTTA, 1999, p. 193)

Entretanto, em concordância com Alda Britto da Motta (1999, p. 197), consideramos que "[...] há diversidade de experiências de gênero e esta depende da valorização social de cada um desses aspectos e/ou da vivência que se tem deles". Se pensamos nas autoras que compõem esta pesquisa, reconhecemos a heterogeneidade que se apresenta não só na configuração de suas trajetórias, como também nas formas e temáticas abordadas em suas obras. Por conseguinte, ao analisar suas narrativas estaremos atentas à configuração de marcadores sociais como gênero e geração, já que "[...] Expressam relações básicas, por onde (entre)tecem subjetividades, identidades e se traçam trajetórias". (BRITTO DA MOTTA, 1999, p. 207).

Esta pesquisa visa analisar estas experiências como narrativas contra hegemônicas, no sentido de que são trajetórias que se destacam no meio das estruturas patriarcais e coloniais, criando possibilidades e novos caminhos na constituição das subjetividades.

Acreditamos na relevância de que as mulheres escrevam suas biografias ou que suas trajetórias de vida se tornem visíveis na esfera pública, já que dentro das lógicas androcêntricas do conhecimento as biografias têm destacado os homens (RAGO, 2013). Para além da narrativa autobiográfica, a "escrita de si" proporciona uma análise reflexiva, onde o discurso faz parte da constituição da subjetividade das mulheres.

> Se consideramos que as mulheres trazem uma experiência histórica e cultural diferenciada da masculina, ao menos até o presente, uma experiência que várias já classificaram como das margens, da construção miúda, da gestão do detalhe, que se expressa na busca de uma nova linguagem, ou na produção de um contradiscurso, é inegável que uma profunda mutação vem-se processando também na produção do conhecimento científico. (RAGO, 1998, p. 3)

Portanto, a "escrita de si" é um conceito desenvolvido por Foucault, quem na procura pela historicização das formas de subjetivação, dedicou-se aos estudos das práticas chamadas "estéticas da existência", ou "cuidado de si" dos gregos destinadas a construir indivíduos éticos para a cidade

(FOUCAULT, 1992). Nesse processo pela procura da autonomia na Antiguidade, Rago (2013) contextualiza:

> [...] Gregos e romanos desenvolveram técnicas de constituição de si baseadas em práticas da liberdade que envolviam a conquista da temperança, isto é, do equilíbrio entre o lado racional e o emocional do indivíduo por um meticuloso trabalho de autotransformação. (RAGO, 2013, p. 44)

Uma prática do cuidado de si era o exercício da *parrésia* ou falar franco. A *parrésia* possuía um caráter político, ligado às práticas do governo de si e da produção de indivíduos éticos para o exercício da democracia, implicava também a interlocução com o outro que podia ser aparentemente qualquer pessoa, mas que neste exercício de dizer a verdade, dizer tudo, ou, falar franco, devia-se estar disposto a envolver relações pessoais e inclusive o risco da morte.

> Diz Foucault que ao contrário da retórica e da lisonja, a *parrésia* pode ser definida como dizer a verdade, sem dissimulação, o falar francamente não importa para quem, mas que não se trata de qualquer enunciação de verdade e sim daquela que comporta o risco em relação à pessoa a quem se fala. (RAGO, 2013. p. 53)

Torna-se relevante pensar como as mulheres têm construído suas subjetividades, analisando o entrelaçamento dos marcadores de gênero, raça/etnia e classe num contexto colonial e neoliberal como é o cenário chileno atual. Para tanto, consideramos que:

> As narrativas [...] são consideradas representações ou interpretações do mundo e, portanto, não estão abertas a comprovação e não podem ser julgadas como verdadeiras ou falsas, pois expressam a verdade de um ponto de vista em determinado tempo, espaço e contexto sócio histórico. (MUYLAERT, 2014, p. 195)

A escrita de si permite abrir outros caminhos de subjetivação, já que não procura uma experiência "real" ou "verdadeira", senão a experiência vívida, relatada e refletida pelas próprias autoras. Em definitiva, nos permite pensar na autoconstituição dos sujeitos:

> Na escrita de si, não se trata de um dobrar-se sobre o eu objetivado, afirmando a própria identidade a partir de uma autoridade exterior. Trata-se, antes, de um trabalho de construção subjetiva na experiência da escrita, em que se abre a possibilidade do devir do ser outro do que se é, escapando às formas biopolíticas de produção do indivíduo. (RAGO, 2013, p. 52)

A intenção primordial desde trabalho é resgatar aqueles momentos na vida destas mulheres em que tem conseguido subverter a ordem de exclusão, posicionando-se como mulheres indígenas num cenário predominantemente masculino e ocidentalizado, a partir das suas narrativas.

Nesse sentido, procuro analisar as estruturas que têm constituído as relações sociais das mulheres Mapuche na sociedade chilena, considerando as continuidades coloniais presentes na atualidade, para assim problematizá-las a partir das complexidades e contradições que se apresentam nas experiências das mulheres que protagonizam esta investigação.

Pretendo, em primeira instância, indagar suas trajetórias de vida para, posteriormente, estabelecer, a partir de suas narrativas, possíveis conexões entre a vida e a obra das autoras. A partir das trajetórias traçadas questiono acerca dos processos de construção de suas subjetividades, vinculados à construção da identidade étnica e em relação aos seus trabalhos enquanto escritoras. Esta análise foi guiada pela escrita de si (FOUCAULT, 1992) como forma de análise em que a escrita forma parte das práticas vinculadas com o cuidado de si. Também coloco em diálogo os questionamentos trazidos pela escritora Conceição Evaristo (2007) e a *Escrevivência* para compreender como a escrita está impregnada pelas experiências das mulheres, tendo a oralidade como principal fonte de inspiração.

A eleição das autoras foi realizada a partir da publicação realizada em 2006, chamada *Hilando en la memoria: siete mujeres Mapuche*[1], uma antologia de obras poéticas de mulheres Mapuche que têm sido relevantes para o cenário literário chileno na atualidade. Estas autoras são Graciela Huinao e Maribel Mora Curriao. Além delas, também será analisada a vida e obra de Rayen Kvyeh. O objetivo pretendido na fase inicial da pesquisa íera trabalhar com a trajetória de pelo menos cinco escritoras, mas durante o trabalho de campo as dificuldades no contato com elas e a compatibilização das agendas inviabilizaram essa possibilidade.

Rayen Kvyeh não pertence a esta antologia, já que realiza as publicações de suas obras de forma autônoma e divulga o seu trabalho através da casa de cultura *Mapu Ñuke*, localizada na cidade de Temuco, Chile. Rayen começou sua formação artística no teatro, sendo interrompida pela ditadura militar, na qual foi presa política e exilada na Alemanha. Foi nesse local que começou a sua criação literária, redescobrindo sua identidade Mapuche e tentando reconstrui-la ainda estando longe de sua terra. Retornou ao Chile na década de 1980, fazendo parte de uma geração de artistas que produzem obras literárias de cunho político. Atualmente dedica-se à divulgação do seu novo livro *PAZificación del Wallmapu* (2017).

Graciela Huinao é uma escritora Mapuche-Huilliche, proveniente da zona da cordilheira do Sul do Chile. Tem sido reconhecida por ser a primeira mulher indígena a ingressar na *Academia Chilena de la Lengua* no ano 2014, em honra à sua vasta obra e relevância no campo das Letras. Destaca-se uma de suas obras mais polêmicas chamada *Desde el fogón de una casa de putas Huilliche* (2010), que relata a história de diversas personagens femininas e transgressoras que exercem a prostituição num contexto onde a palavra sexo e pecado não possuem significados relevantes. Esta obra permite refletir sobre as influências coloniais na concepção da sexualidade, o pecado, com a imposição de uma moral cristã no povo

[1] Durante o ano 2009 foi lançada uma segunda edição com a antologia de 14 mulheres poetas Mapuche.

Mapuche. Atualmente dedica-se à literatura em tempo completo e realiza oficinas sobre a cultura mapuche em escolas e bibliotecas públicas nas periferias de Santiago.

A obra de Maribel Mora Curriao se destaca por ter realizado importantes estudos que visam recuperar as obras poéticas de mulheres Mapuche tanto no Chile quanto na Argentina, durante seus estudos de mestrado em Literatura. Esta autora organizou a publicação de duas antologias sobre a obra de diversas mulheres poetas Mapuche, desde os cantos tradicionais perpetuados pela tradição oral, até as obras de escritoras contemporâneas. Em 2006 foi lançada *Hilando en la memoria: 7 mujeres Mapuche*, e em 2010 a antologia *Kumedungun/Kumewirin: Antologia poética de Mujeres Mapuche. Siglo XX-XXI.* Atualmente é diretora da Oficina de Equidad e Inclusión da Universidad de Chile e é doutoranda do programa de Estudios Americanos na Universidad de Santiago.

Para a elaboração desta investigação foi realizado um trabalho de campo em Santiago de Chile e Temuco, Chile, que incluiu pesquisa bibliográfica com o fim de obter antecedentes sobre pesquisas relacionadas à poesia de mulheres mapuche e as abordagens de gênero e literatura, além de adquirir as obras originais das escritoras pesquisadas. No mês de abril de 2018 foram realizadas entrevistas narrativas com as escritoras. Encontrei Maribel Mora Curriao em duas ocasiões, em Temuco e em Santiago, no seu local de trabalho; e encontrei Rayen Kvyeh no seu domicílio pessoal no mês de dezembro de 2017. O encontro com Graciela Huinao foi marcado, mas infelizmente não foi possível concretizar pela incompatibilidade das agendas e a falta de recursos. A ausência desta contribuição me levou a intensificar a revisão bibliográfica sobre Graciela Huinao para suprir possíveis lacunas.

Durante as entrevistas, de caráter não estruturado, foram abordados temas como seus trabalhos atuais, suas trajetórias pessoais, e os significados em torno do ofício de escrever. As entrevistas narrativas permitiram aprofundar nos aspectos particulares da experiência das mulheres entrevistadas.

Em conjunto, buscamos nas obras das poetas Mapuche os elementos que permitam reconstruir as narrativas a partir da escrita de si, gerando vínculos entre a vida e a obra das autoras, visando traçar uma trajetória de vida na qual seja possível compreender como é constituída a própria subjetividade. Entendemos as entrevistas narrativas como:

> As entrevistas narrativas se caracterizam como ferramentas não estruturadas, visando a profundidade, e aspectos específicos, a partir das quais emergem histórias de vida, tanto do entrevistado como as entrecruzadas no contexto situacional. (MUYLAERT, 2014, p. 194)

A importância da entrevista narrativa centra-se nos aspectos levantados

> A possibilidade de narrar o vivido ou passar ao outro sua experiência de vida, torna a vivência que é finita, infinita. Graças à existência da linguagem a narrativa pode se enraizar no outro. Sendo assim, a narrativa é fundamental para a construção da noção de coletivo. A forma oral de comunicar ressignifica o tempo vivido, as coisas da vida, e concomitantemente a ela, emerge o passado histórico das pessoas a partir de suas próprias palavras. Assim uma das funções da entrevista narrativa é contribuir com a construção histórica da realidade e a partir do relato de fatos do passado, promover o futuro, pois no passado há também o potencial de projetar o futuro. (MUYLAERT, 2014, p. 195)

É possível desenvolver a entrevista narrativa em um formato em que a presença das interlocutoras seja fundamental e mais relevante do que a própria entrevistadora. O desenho da entrevista deve providenciar os espaços necessários para que as mulheres expressem as suas interpretações sobre as suas vivências. Devemos destacar também a necessidade de prestar atenção aos elementos da linguagem não verbal presentes nos diálogos, como silêncios, pausas, mudanças na entonação. Estes elementos nos outorgam caras informações para compreender a constituição das subjetividades das mulheres. Para situar-nos nestes contextos, procuramos outros materiais como entrevistas que elas tenham dado aos meios de comunicação e outros elementos que sejam relevantes e complementares para a reconstrução histórica, como documentos, fotografias, matérias de jornal ou material audiovisual.

A realização de uma pesquisa que pretende ser guiada pelas epistemologias feministas, a partir de um olhar descolonial, apresenta-se como um desafio constante, motivado pelo questionamento constante das práticas acadêmicas e de pesquisa. A pesquisa apresenta-se como um desafio, pois tratar de poetas mapuche e seus processos de formação de subjetividades leva a tocar em feridas abertas da história, como é o colonialismo, o racismo e a privação da autonomia política dos povos. Assim, pensando nas práticas dentro da academia, é necessário prestar atenção nas relações de poder presentes nestas dinâmicas, evitando objetificar, vitimizar ou colocar os sujeitos em lugares de passividade. Mohanty (1984) nos lembra sobre os riscos e consequências políticas nas considerações universalizantes e estáticas sobre mulheres pertencentes aos grupos subalternos. É preciso uma revisão constante das práticas investigativas que respondam de maneira coerente aos contextos históricos e cenários específicos.

Para materializar a proposta de estudo apresentada em relação à estrutura da dissertação, no primeiro capítulo é apresentada a problemática do colonialismo e as formas em que foram subvertidos os valores da cosmologia mapuche, e, portanto, a construção das subjetividades — neste caso — das mulheres indígenas. A partir da epistemologia mapuche ou *rakizuam*[2] mapuche recuperamos as narrativas que explicam as dinâmicas que constituem o *Che* ou ser mapuche em relação à sua origem, os seus valores, o vínculo com a natureza e o território. Abordamos também as reinterpretações atuais que existem em torno das dinâmicas de gênero e poder dentro da sociedade mapuche e as influências da colonização europeia. Em seguida, realizamos uma breve contextualização sobre a situação territorial atual do povo mapuche e suas principais reivindicações sobre o

[2] Pensamento.

território e em defesa dos recursos naturais, como as florestas nativas e os rios. Destacamos que esta luta se encontra em direta oposição ao modelo econômico extrativista e neoliberal que o Estado Chileno promove a partir de iniciativas que exploram o território e, em consequência, tornam precária a vida das comunidades.

Para começar a pensar as trajetórias das mulheres, convocamos o pensamento de Patrícia Hill Collins (1990, p. 3), que valoriza os contextos familiares compartilhados pelas mulheres como a principal fonte de resistência diante das opressões vividas pelas mulheres negras, enfatizando que: "[...] A consciência permaneceu a única esfera de liberdade disponível".

No segundo capítulo serão apresentadas as trajetórias das três escritoras que protagonizam esta pesquisa: começando por Rayen Kvyeh, seguida por Maribel Mora Curriao, e, depois, Graciela Huinao. As trajetórias não obedecem uma lógica linear típica de uma biografia. Elas apresentam antecedentes relevantes para compreender suas vidas, em conjunto com uma análise das principais temáticas abordadas por elas, tanto nas obras quanto nas entrevistas. Através das trajetórias compreendemos suas motivações pela escrita e as contradições que se apresentam ao pensar sobre si mesmas por causa do apagamento da cultura mapuche. Também dialogamos sobre as tensões que existem em torno do feminismo e das visões críticas sobre o lugar da mulher na cultura mapuche.

No decorrer do texto se fazem presentes aspectos fundamentais nas trajetórias das mulheres, como é a importância do resgate da memória ancestral como uma forma de se situar a si mesmas na atualidade, e os deslocamentos — forçados e voluntários — que cada uma teve que realizar para dar continuidade aos seus projetos políticos-literários. O deslocamento do território de origem é uma constante na trajetória do povo mapuche, em muitos casos motivada pelos contextos de pobreza ou falta de recursos.

No terceiro capítulo serão apresentadas algumas abordagens sobre a produção de subjetividades, a partir da escrita de si e da Escrevivência como instrumentos que contribuem para pensar as trajetórias de vida como um potencial de transformação social. Refletimos sobre os processos que as levaram a reconhecer-se enquanto poetas e, fundamentalmente, enquanto mulheres mapuche. Posteriormente serão analisados alguns aspectos da vida das escritoras que demonstram o potencial transformador de suas obras e trajetórias, já que todas, desde seus lugares de atuação, encontram-se engajadas politicamente pela revitalização do *Mapudungun* (língua do povo mapuche), pela defesa e autonomia do corpo e do território.

O processo de escrita desta pesquisa apresentou diversos desafios em relação ao trânsito entre o espanhol, o português e o *Mapudungun* como línguas que integram este trabalho. Uma das dificuldades foi escrever um texto acadêmico em português, sendo o espanhol a minha língua materna. Em muitos momentos, a escrita não foi fiel ao que queria ser expressado, e na busca por essa transparência foi decidido manter as entrevistas e os poemas em sua língua original.

CAPÍTULO 1

NUNCA FUIMOS EL PUEBLO SEÑALADO, PERO NOS MATAN EN SEÑAL DE LA CRUZ [1]

Neste primeiro capítulo serão apresentados alguns elementos que contribuem para a compreensão da situação das mulheres mapuche na sociedade chilena. Os antecedentes históricos permitirão contextualizar os processos de expropriação territorial, a colonização e a desumanização do indígena como consequência de um projeto de modernidade trazido da Europa. Também serão apresentadas as dinâmicas estabelecidas entre o território e a constituição do "ser mapuche" dentro de suas cosmovisões. Serão abordadas as tensões e problematizações em torno das relações de gênero na sociedade mapuche e como o processo colonial provocou a subversão dos papéis sociais deixando as mulheres mapuche na base da pirâmide social. Pretende-se compreender como as múltiplas opressões atingem a vida das mulheres mapuche na sociedade chilena, pautadas pelo gênero, pertencimento étnico, classe social, território e geração.

Colonialismo e subversão de valores

No caso específico da cosmovisão Mapuche, considera-se fundamental o reconhecimento das suas noções de origem, para assim aproximarmos às configurações de mundo. Existe um relato que está impregnado na memória popular e oral, cuja função não é precisamente explicar uma

[1] HUINAO, Graciela. Salmo 1492. *In*: *Walinto*. Santiago de Chile: Editorial Cuarto Propio, 2009.

origem da existência humana, mas delimitar um marco espaço-temporal na noção de passado comum do povo Mapuche.

O relato de *Xeg-Xeg e Kay-Kay Filu (Tren Tren e Kay Kay Vilu)* representa o surgimento de uma nova ordem nas relações estabelecidas entre os habitantes da *Mapu* (Terra) e os elementos da natureza. Essa narrativa acontece durante um passado remoto, tempo em que se gestaram os antecedentes que vão fundamentar a filosofia Mapuche e as suas concepções de religiosidade e espiritualidade.

> Desde hace mucho tiempo ha habido *awkan* (batalla, lucha). Hubo hace mucho, mucho tiempo una gran batalla. Salieron las aguas. Entonces estaban *Kay-Kay Filu* y *Xeg-Xeg Filu.* Entonces, los más ancianos mapuce dijeron: 'Si primero se escucha gritar a *Kay-Kay Filu*, desapareceremos, ya nadie de nosotros vivirá; pero si *Xeg-Xeg Filu* nos escucha, entonces viviremos'. Salieron las aguas: todos veían la fuerza con que salía. Entonces una anciana machi hizo *Guillatun*. Pero el agua seguía saliendo. Entonces gritó la culebra, las aguas salieron con más fuerza que desraizaba a los grandes árboles. Entonces el agua quedó donde estaba *Xeg-Xeg Filu*. Toda la gente estaba arriba de dos grandes cerros, todos llegaron, hicieron *Guillatun*: las aguas no llegaban a estos cerros. Se escuchó el grito de *Kay-Kay Filu*: "Ay! que haremos?". Se escuchó otra vez el grito de *Kay-Kay Filu*, entonces se escuchó gritar a *Xeg--Xeg Filu*, al escucharlo toda la gente dijo: "Ay! *Pu Gen* (fuerzas, espíritus protectores) nos han escuchado, viviremos!". (MELIN apud MILLALÉN, 2006, p. 21)

> Há muito tempo teve *awkan* (batalha, luta). Houve há muito, muito tempo uma grande batalha. As águas sairam. Então estavam *Kay-Kay Filu* e *Xeg-Xeg Filu.* Então os mais anciões disseram: "Se primeiro escutamos gritar *Kay-Kay Filu,* desapareceremos, ninguém de nós viverá; mas se *Xeg-Xeg Filu* nos escuta, então viveremos". As águas saíram: todos viam a força com que saia. Então uma anciã machi fez o *Guillatun.* Mas a água continuava saindo. Então a cobra gritou, as águas saíram com mais força que desraizava as grandes árvores. Então a água ficou onde estava *Xeg-Xeg Filu.* Todas as pessoas estava em cima das grandes montanhas, todos chegaram, fizeram

> *Guillatun:* as águas não chegavam nas montanhas. Se escutou o grito de *Kay-Kay Filu:* "Ai! O que faremos?". Se escutou outra vez o grito de *Kay-Kay Filu,* então escutou-se gritar a *Xeg-Xeg Filu,* ao escutá-lo todas as pessoas disseram: "Ai! *Pu Gen* (forças, espíritos protetores) tem nos escutado, viviremos!" (Tradução da autora)

A partir de diversos relatos que seguem uma narrativa similar podemos identificar que o vínculo com o território é constituinte da dimensão ontológica do *Che*, do "ser Mapuche". O elemento territorial está composto de planos materiais e imateriais, sejam forças ou espíritos que realizam uma mediação entre os seres humanos e a natureza. Millalén (2006) descreve que esses referentes sobre um passado comum têm sido construídos através das relações entre diversas comunidades e suas práticas sociais, religiosas, econômicas e políticas.

Esse território ancestral é identificado pelos Mapuche como *Wallmap*u, cuja atual localização é ao sul do Chile e da Argentina, separados pela Cordilheira dos Andes. Porém, segundo a organização ancestral, o *Wallmap*u estava formado pelo *Ngulu Mapu* (atual sul do Chile*), Puwel Mapu* (sul da Argentina), divididas pel*a Inapire Mapu* (Cordilheira dos Andes) configurando-se uma unidade territorial através de relações e intercâmbios comerciais (MILLALÉN, 2006)

Mapa território ancestral Mapuche

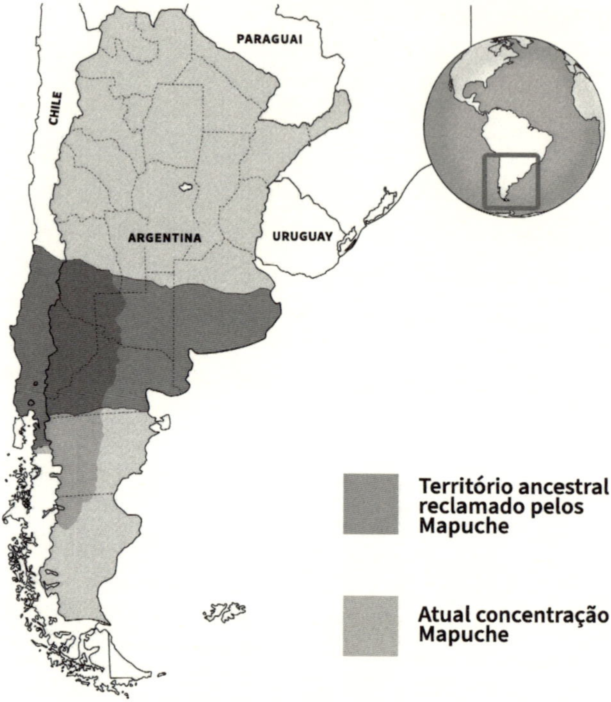

Fonte: Jornal El País. Disponível em:
www.elpais.com/especiales/2017/represion-mapuches-argentina

Em relação aos princípios que regem o *Che* apela-se à coerência no comportamento de acordo com os valores outorgados pela família, a qual pode estar integrada por autoridades espirituais e políticas segundo a linhagem específica a que pertence.

> Si el concepto *Mapu* hace referencia al espacio, un constructo teórico que implica relaciones de agentes e instituciones en planos materiales e inmateriales, el concepto *Che* hace relación con un agente socializado que cumple con ciertos valores y axiomas de la sociedad de origen. (MILLALÉN, 2006, p. 32)

Sobre o vínculo com o território, José Quidel (2016) introduz o conceito de ontologia relacional (QUIDEL apud ESCOBAR, 2012), afirmando que a partir do pensamento ancestral Mapuche não faria sentido pensar na ideia de soberania ou propriedade, mas sim focar em um reconhecimento entre as dimensões materiais e espirituais que constituem o território.

> El término *mapu* es multidimensional, pues se puede aplicar a los espacios tangibles y materiales como en el *lof* (espacio de comunalidad), los *rewe* (agrupación de familias *lof che* o *lof mapu*), *wajontu mapu* (planeta), *waj mapu* (universo), *ka mapu* (espacio de los antepasados). La idea de mostrar lo anterior es hacer vislumbrar las complejidades que encierran las ideas y categorías mapuche relacionados con las ideas de poder, gobierno, soberanía que son muy diferentes a cómo se piensa y por tanto se plasma en las sociedades no mapuche. (QUIDEL, 2016, p. 717)

Durante a criação do Estado chileno, o território mapuche esteve em constante disputa, seja com os colonizadores espanhóis, e posteriormente com os crioulos chilenos. No século XIX após extensas guerras[2], o exército chileno conseguiu anexar o território ancestral mapuche no processo denominado pela história colonial de *Pacificación de la Araucanía* (1860-1883). A modificação radical do território alterou também a organização das comunidades, as suas atividades produtivas e por conseguinte, as dinâmicas sociais tanto entre mapuche, como com a sociedade chilena.

> Los Mapuche que sobrevivieron fueron relegados a 3,000 pequeñas porciones de tierra llamadas 'reducciones' o 'comunidades' correspondientes sólo al 6.4 por ciento de su territorio original. El Estado chileno consideró necesario este proceso de contención para promover el desarrollo nacional; las tierras expropiadas no solo expandieron el territorio geopolítico chileno sino que muchas

[2] Processos que se sucederam nos territórios atuais de Argentina, com o nome de *Campaña del Desierto* (1878-1885), e no Chile com o nome de *Pacificación de la Araucanía.*

de ellas fueron escrituradas a chilenos e inmigrantes europeos para la producción agrícola (PINCHULEF apud RICHARDS, 2014, p. 10).

A redução do território significou o começo de um processo de precarização dos meios produtivos para a subsistência das comunidades, como descreve Margarita Calfio:

> Dada la exigua cantidad de tierra en manos mapuche, se practica una agricultura de autosubsistencia en pequeños predios, en su mayoría erosionados. Estos, desde hace varias décadas no rinden lo suficiente como para alimentar a la familia, por ello es que se han visto forzadas a suplementar su ingreso con fuentes extraprediales, cuando se encuentran. En este caso el trabajo asalariado en fundos colindantes con las reducciones, o como temporeras en las localidades del Chile central. (CALFIO, 2016, p. 37)

As dinâmicas sociais também sofreram transformações. Autoras descrevem o período anterior à redução territorial como uma sociedade mapuche heterogênea na qual as mulheres tinham grande relevância na administração doméstica e protagonizavam a linhagem feminina nas comunidades.

> En el período pre-reduccional se aprecia una sociedad mapuche heterogénea y viva a través de los linajes movilizados por las mujeres. Se aprecian diferentes *status*, dependiendo de su dote y estado matrimonial. Los hombres, por su parte, con la ganadería pasaban largos periodos fuera del hogar. De esta forma las mujeres debían tomar decisiones y organizar el trabajo. Las mujeres constituían fuertes agrupaciones domésticas. Poseían su propia economía y dominaban el entorno del hogar. (CALFIO, 2016, p. 34)

Atualmente existem diversos discursos que contribuem para a compreensão das dinâmicas de gênero e poder nas sociedades mapuche na época pré-colombiana. Elisa García (2017) apresenta uma análise com três interpretações atuais sobre a ideia de complementaridade entre homens e mulheres. A primeira apresenta a complementaridade como uma forma de defender e perpetuar a tradição, onde o papel do feminino identifica-se com a prosperidade da terra, dos elementos da natureza. Em seguida, apresenta-se uma segunda variante relacionada à defesa da complementaridade como um elemento a ser ressignificado, como uma forma estratégica de abordar a dualidade, já que

> [...] a reconstrução de valores ancestrais baseados no equilíbrio da mulher-homem, permite justificar a reivindicação de serem valorizadas desde seu status de mulher na comunidade. (GARCIA, 2017, p. 34)[3]

Para a terceira perspectiva, a idealização de um passado com dualidades em equilíbrio poderia tirar a possibilidade de autocrítica da sociedade mapuche atual, assim como poderia reforçar uma imagem essencialista e estancada dos indígenas no passado.

Consideramos necessário levar em consideração a distinção que Rita Segato (2012) propõe sobre as noções de dualismo e binarismo, com o fim de compreender como poderia estar estruturada a categoria gênero antes da invasão colonial.

> No mundo da modernidade não há dualidade, há binarismo. Enquanto na dualidade a relação é de complementaridade, a relação binária é suplementar, um termo suplementa o outro, e não o complementa. Quando um desses termos se torna "universal", quer dizer, de representatividade geral, o que era hierarquia se transforma em abismo, e o segundo termo se converte em resto e resíduo: essa é a estrutura binária, diferente da dual. (SEGATO, 2012, p. 122)

Quer dizer, todos os elementos que estiverem fora do padrão do "universal" deveriam se equiparar, neutralizar e homogeneizar para não ser invisibilizados.

---

[3] Tradução nossa.

> De acordo com o padrão colonial moderno e binário, qualquer elemento, para alcançar plenitude ontológica, plenitude de ser, deverá ser equalizado, ou seja, equiparado a partir de uma grade de referência comum ou equivalente universal. Isto produz o efeito de que qualquer manifestação da alteridade constituirá um problema, e só deixará de fazê-lo quando peneirado pela grade equalizadora, neutralizadora de particularidades, de idiossincrasias. (SEGATO, 2012, p. 122)

Cabe destacar que tanto na época pré-colombiana, quanto no processo de colonização a sociedade mapuche possuía uma configuração própria em relação ao gênero, que foi registrada historicamente através do olhar do colonizador, sendo transmitida com o sesgo cultural e ideológico deles. Ana Bacigalupo (2002) afirma que a visão do europeu trouxe categorias binárias para explicar as dinâmicas de gênero, as quais estavam permeadas pelo imaginário moral do catolicismo. Mulheres mapuche eram consideradas sexualmente liberais, varonis e fortes, também eram tratadas como bruxas e curandeiras por causa das suas funções de *machi* [4]. No caso dos homens, Bacigalupo apresenta o caso dos *machi weye*, um *status* de xamãs que possuíam grande relevância nas guerras e enfrentamentos militares dos mapuche com o exército espanhol. Estes *machi* protagonizavam rituais nos quais seu comportamento flutuava entre o dito masculino e feminino, causando uma profunda rejeição nos espanhóis e sendo registrados como sodomitas. Assim, a autora reflete que a figura feminina da *machi* teve maior aceitação nos códigos europeus, já que "[...] diversas circunstâncias provocaram o repúdio dos papéis dos machi, e um número crescente de mulheres tiveram acesso a essas posições de autoridade espiritual" (p. 56).

> El paradigma de penetración colonial sigue moldeando el simbolismo chileno de poder. Las relaciones étnicas, sexuales y de poder de los tiempos coloniales continúan determinando la mayoría de los discursos chilenos, y el cuerpo machi, con sus deseos y poderes

[4] Xamã.

> de género, todavía es el sitio de la identidad y la diferencia entre colonizador y colonizado. (BACIGALUPO, 2002, p. 57)

Entendemos que a imposição colonial subverteu a ordem social dos mapuche e, ao mesmo tempo, a ordem colonial reforçou as desigualdades de gênero preexistentes na sociedade mapuche pré-colonial.

> El funcionamiento de la sociedad colonial en el *Ngulu Mapu* estuvo sustentado en la aceptación ideológica de la jerarquía del hombre. [...] Las lógicas del Estado colonial valoraron a los sujetos colonizados mapuche en su dimensión productiva, mientras la mujer fue despojada de toda presencia. Los hombres mapuche, pese a la posición inferior en la que se encontraban dentro de este modelo colonialista, encontraron espacios de privilegio del cual se beneficiaron, ejerciendo además poder sobre las mujeres mapuche. (VÁSQUEZ, 2015, p. 145)

Essa junção entre a dominação imposta pela invasão colonial e as diferenças já estabelecidas entre homens e mulheres no contexto da organização social indígena é denominada pelas feministas comunitárias como *entronque patriarcal*:

> No solo existe un patriarcado occidental en *Abya Yala* (América), sino también afirmamos la existencia milenaria del patriarcado ancestral originario, el cual ha sido gestado y constituido justificándose en principios y valores cosmogónicos que se mezclan con fundamentalismos étnicos y esencialismos. (CABNAL apud GARGALLO, 2014, p.80)

A ideia de entronque patriarcal reconhece a existência de relações de subordinação anteriores à ordem colonial, e denuncia a articulação entre os homens colonizadores e os indígenas em detrimento das mulheres indígenas. Segundo Carola Pinchulef (2014) o entronque patriarcal veio "[...] fortalecer um projeto de fabricação de subjetividades femininas sob a figura do grande patriarca: o Estado." (p. 113)[5].

[5] Tradução da autora.

No entanto, para Silvia Federici (2004), o processo de colonização trouxe consigo uma série de propósitos que surgiram a partir da exploração dos recursos encontrados na América. Isto significou a espoliação dos recursos naturais, assim como a submissão das sociedades pré-hispânicas, transformando-as numa nova fonte de força laboral. Ao longo do seu trabalho a autora enfatiza que "[...] a conquista do corpo feminino continua sendo uma precondição para a acumulação de trabalho e a riqueza" (FEDERICI, 2004, p. 27).

Um dos argumentos fundamentais apresentados por Silvia Federici é a relação que podemos estabelecer entre as crises do capitalismo na Europa e a apropriação dos corpos das mulheres — no caso específico que a autora desenvolve sobre a caça de bruxas.

> Desse ponto de vista, a acumulação primitiva foi um processo universal em cada fase do desenvolvimento capitalista. Não é por acaso que seu exemplo histórico originário tenha sedimentado estratégias que, diante de cada grande crise capitalista, foram relançadas, de diferentes maneiras, com a finalidade de baratear o custo do trabalho e esconder a exploração das mulheres e dos sujeitos coloniais. (FEDERICI, 2004, p. 27)

As estruturas patriarcais foram outorgando à mulher espaços privados e domésticos, distanciando-a cada vez mais das decisões a respeito da organização política da sociedade. Isto significou a perda dos seus direitos políticos, já que "[...] uma nova hierarquia sexual foi introduzida pelas autoridades espanholas, que privou as mulheres indígenas de sua autonomia e deu a seus familiares homens mais poder sobre elas" (FEDERICI, 2004, p. 202). A autora explica que este processo

> tratava-se [...] da destruição da vida comunitária, uma estratégia ditada por um interesse econômico específico e pela necessidade de criarem-se as condições para uma economia capitalista. (FEDERICI, 2004, p. 202)

Em concordância, Rita Segato (2012) explica que a vida comunitária das mulheres foi privada do seu potencial político e da possibilidade de tomar decisões para a comunidade:

> Também parte deste panorama da captação do gênero pré-intrusão pelo gênero moderno é o sequestro de toda política, ou seja, de toda deliberação sobre o bem comum, por parte da nascente esfera pública republicana em expansão, e a consequente privatização do espaço doméstico, sua "outrificação", marginalização e expropriação de tudo o que nela era político. Os vínculos exclusivos entre as mulheres, que orientavam para a reciprocidade e a colaboração solidária, tanto nos rituais como nas tarefas produtivas e reprodutivas, veem-se dilacerados no processo do encapsulamento da domesticidade como "vida privada". (SEGATO, 2012, p. 121)

Segundo o assinalado por Silvia Federici (2004), a desumanização do indígena serviu como fundamentação para a apropriação dos recursos e da força de trabalho.

> [...] Na sociedade capitalista, o corpo é para as mulheres o que a fábrica é para os homens trabalhadores assalariados: o principal terreno de sua exploração e resistência, na mesma medida em que o corpo feminino foi apropriado pelo Estado e pelos homens, forçado a funcionar como um meio para a reprodução e a acumulação de trabalho. (FEDERICI, 2004, p. 25)

Ressaltamos que por trás da lógica colonial existe um pensamento que sustenta a subjugação dos indígenas e relativiza a sua existência enquanto humanos, já que "[...] o uso de termos zoológicos para descrever as pessoas colonizadas foi uma forma de desumanizá-las" (CALFIO apud MEMMI, 1957)[6]. Para Federici (2004), a desumanização dos colonizados "[...] teria sido impensável sem uma campanha ideológica que representasse estes como animais e demônios" (FEDERICI, 2004, p. 40). Consideramos que

[6] Tradução nossa.

existe, então, uma dimensão material e ideológica de apropriação tanto das formas de conceber o mundo, quanto das subjetividades dos povos colonizados.

> Se intervinieron, entonces de manera muy consciente y disciplinada sus almas tapándolos con vergüenza y culpa. Una historia poco gloriosa y carcomida por enormes vacíos, a una cultura moribunda, que había pensado abandonar, a unas tradiciones congeladas, a una lengua corrompida. La herencia, que termina por aceptar, comporta un enorme pasivo capaz de desalentar a cualquiera. (CALFIO apud. MEMMI, 2016, p. 5)

Portanto, é necessário que o colonialismo seja transformado a partir de discursos e práticas descolonizadoras, já que a linguagem possui um caráter encobridor. Tanto nas análises de Ana Bacigalupo (2002) e Silvia Rivera (2010) observamos que a história registrada pelos colonizadores se tornou a única narrativa possível a respeito da vida comunitária dos povos indígenas. As interpretações sobre as relações de gênero estavam pautadas por uma visão européia do mundo. Nesse sentido cabe destacar a importância da disputa de narrativas que os povos tentam construir apesar da ideologia colonizadora que tenta apagá-los.

> Las perspectivas de género del colonizador y el colonizado ya no son fácilmente diferenciables, dado que los mapuches crean ideologías de género híbrido. Las ideologias coloniales crearon una polarización entre un conquistador masculino y poderoso que hablaba sobre géneros machi en términos españoles, y un machi afeminado, indígena y subalterno, que permanece silencioso en los registros coloniales. (BACIGALUPO, 2002, p. 58)

Nesta linha, compreendemos que a função encobridora da linguagem cria mecanismos nos quais os indígenas são privados do lugar de sujeitos históricos e despolitiza suas práticas transformadoras. Para Silvia Rivera (2010, p. 62) não existem discursos descolonizadores sem práticas descolonizadoras, ela afirma a respeito dos discursos que:

> [...] a sua função é a de suplantar às populações indígenas como sujeitos da história, converter suas lutas e demandas em ingredientes de uma reconstrução cultural e estatal capaz de submetê-las à sua vontade neutralizadora[7].

A propósito, José Quidel (2016, p. 713) assinala que "o nomear, leia-se como categorizar, conceitualizar, é um ato de poder que delimita, e que muitas vezes condena a um povo à lugares de marginalidade e penumbra permanente"[8]. Portanto, não podemos perder de vista que ao nos referirmos à disputa de narrativas estamos tratando também de relações de poder.

Para Maria Lugones (2014), a imposição colonial se traduz num processo de desumanização dos sujeitos a partir da imposição de uma sociedade colonial que os explora e que constitui uma realidade hegemônica baseada na negação de outros modos de viver existentes. A missão civilizatória dos colonizadores consistiu na apropriação material das formas de vida, assim como na construção de subjetividades onde os colonizados estavam no mesmo nível do selvagem, da natureza, do não humano, portanto, daquilo que precisava ser domesticado.

> Ao usar o termo colonialidade, minha intenção é nomear não somente uma classificação de povos em termos de colonialidade de poder e de gênero, mas também o processo de redução ativa das pessoas, a desumanização que as torna aptas para a classificação, o processo de sujeitificação e a investida de tornar o/a colonizado/a menos que seres humanos. (LUGONES, 2014, p. 939)

A noção de colonialidade que a autora propõe tem relação com os conceitos de colonialismo analisados anteriormente e ambos são considerados parte de um mesmo sentido que fundamenta esta proposta teórica. O debate em torno do colonialismo é constitutivo das discussões sobre o que está dentro e fora da modernidade, quer dizer:

---

[7] Tradução nossa.

[8] Tradução nossa.

> [...] A modernidade tenta controlar, ao negar a existência, o desafio da existência de outros mundos com diferentes pressuposições ontológicas. [Ela] nega essa existência ao roubar-lhes a validez e a coexistência no tempo. Esta negação é a colonialidade. Ela emerge como constitutiva da modernidade. A diferença entre moderno e não moderno torna-se — na perspectiva moderna — uma diferença colonial, uma relação hierárquica na qual o não moderno está subordinado ao moderno. (LUGONES, 2014, p. 943)

Rita Segato (2012) nos aproxima de algumas definições sobre modernidade que contribuem à compreensão da invasão colonial e as suas consequências:

> Ordem pré-intrusão, dobra fragmentária que convive conseguindo manter algumas características do mundo que antecedeu a intervenção colonial, mundo-aldeia: nem palavras temos para falar deste mundo que não devemos descrever como pré-moderno, para não sugerir que se encontra simplesmente no estágio anterior da modernidade e marcha inevitavelmente em direção a ela. (SEGATO, 2012, p. 114)

Sobre uma noção similar de modernidade, Silvia Rivera (2010) afirma:

> No hay "post" ni "pre" en una visión de la historia que no es lineal ni teleológica, que se mueve en ciclos y espirales, que marca un rumbo sin dejar de retornar al mismo punto. El mundo indígena no concibe a la historia linealmente, y el pasado-futuro están contenidos en el presente: la regresión o la progresión, la repetición o la superación del pasado están en juego en cada coyuntura y dependen de nuestros actos más que de nuestras palabras. (RIVERA, 2010, p. 54)

Logo, Rita Segato (2012) comenta sobre a coexistência de dois mundos a partir das resistências indígenas e assinala como a organização social dos indígenas foi afetada uma vez instalado o processo de modernidade, atingindo principalmente as relações de gênero.

> Trata-se de realidades que continuarão caminhando, como dissemos aqui, junto e ao lado do mundo sob intervenção da modernidade colonial. Mas que, de alguma forma, ao serem alcançadas pela influência do processo colonizador, primeiro metropolitano de ultramar e depois republicano, foram prejudicadas, particularmente em um aspecto fundamental: exacerbaram e tornaram perversas e muito mais autoritárias as hierarquias que já continham em seu interior — que são basicamente as de status, como casta e gênero. (SEGATO, 2012, p. 114).

Segundo Silvia Rivera (2010), as resistências indígenas fazem parte da constituição de outras modernidades onde "[...] a autodeterminação política e religiosa significava uma retomada da historicidade própria, uma descolonização dos imaginários e das formas de representação"[9]. No caso de Lugones (2014), ela concebe a resistência como vinda desde e para dentro, em vínculo dos sujeitos com as suas comunidades:

> Legitimidade, autoridade, voz, sentido e visibilidade são negadas à subjetividade oposicionista. A infrapolítica marca a volta para o dentro, em uma política de resistência, rumo à libertação. Ela mostra o potencial que as comunidades dos/as oprimidos/as têm, entre si, de constituir significados que recusam os significados e a organização social, estruturados pelo poder. (LUGONES, 2014, p. 940)

A resistência consiste em construir outros mundos possíveis, resgatando as memórias e histórias que foram apagadas no processo colonial, portanto "descolonizar o gênero é necessariamente uma práxis. É decretar uma crítica da opressão de gênero racializada, colonial e capitalista heterossexualizada visando uma transformação vivida do social" (LUGONES, 2014, p. 940).

> Compreende-se a colonialidade do gênero como exercícios de poder concretos, intrincadamente relacionados, alguns corpo a corpo, alguns legalistas, alguns dentro de uma sala onde as mulheres indígenas fêmeas-bestiais-não civilizadas são obrigadas a tecer dia

[9] Tradução nossa.

> e noite, outros no confessionário. As diferenças na concretude e na complexidade do poder sempre circulando não são compreendidas como níveis de generalidade; a subjetividade corporificada e o institucional são igualmente concretos. (LUGONES, 2014, p. 948)

Nesse cenário, não é suficiente analisar aos sujeitos unicamente como oprimidos, mas também como resistentes ao colonialismo. Assim, a autora retoma o debate sobre a colonialidade do gênero e a considera uma das persistências coloniais, já que "é o que permanece na intersecção de gênero/classe/raça como construtos centrais do sistema de poder capitalista mundial" (LUGONES, 2014, p. 939). Para Federici (2004), a resistência anticolonial pode-se reconhecer nas práticas das mulheres indígenas, que:

> [...] se converteram nas principais inimigas do domínio colonial, negando-se a ir à missa, a batizar seus filhos ou qualquer tipo de cooperação com as autoridades coloniais e os sacerdotes. (p.418)

Portanto, reconhecemos que:

> De fato, graças, em grande medida, à resistência das mulheres, a antiga religião pôde ser preservada. Houve certas mudanças no sentido das práticas associadas à religião. O culto foi levado à clandestinidade às custas do caráter coletivo que tinha na época anterior à Conquista. (FEDERICI, 2004, p. 420)

Dentro das perspectivas que refletem sobre a colonialidade e as relações de gênero, podemos encontrar diversos posicionamentos segundo as experiências das mulheres, por exemplo, a ideia da opressão universal das mulheres a partir de uma noção unificada de patriarcado, ligada a visões eurocêntricas da opressão de gênero. Também o posicionamento que considera que as relações de gênero enquanto categorias fizeram parte da imposição colonial; e, finalmente, de acordo com Rita Segato (2012) e o feminismo comunitário, o posicionamento que reconhece a existência de hierarquias anteriores à colonização ligadas ao que atualmente podemos entender como gênero, que potencializaram e radicalizaram a raiz da invasão colonial. Esta última proposta é a que mais se aproxima com as análises apresentadas nesta pesquisa, assim como consideramos a categoria gênero como central nas análises sobre colonialidade.

> Não se trata meramente de introduzir o gênero como um tema entre outros da crítica descolonial ou como um dos aspectos da dominação no padrão da colonialidade, mas de conferir-lhe um real estatuto teórico e epistêmico ao examiná-lo como categoria central capaz de iluminar todos os outros aspectos da transformação imposta à vida das comunidades ao serem capturadas pela nova ordem colonial/moderna. (SEGATO, 2012, p. 116)

A partir de todas as perspectivas sobre gênero apresentadas acima, compreendemos a dificuldade de estabelecer uma definição conceitual acabada sobre gênero, o que significaria introduzir uma categoria alheia ao contexto histórico. Ainda que gênero possa ser uma categoria central em nossa análise, deve estar contextualizada de maneira histórica, temporal e cultural.

A situação territorial atual do povo Mapuche

A configuração territorial do *Wallmapu* — território ancestral mapuche — tem passado por diversas modificações dentro das quais se destacam alguns momentos determinantes como a invasão colonial espanhola no século XV, a formação dos Estados Nacionais no século XIX e a ditadura militar chilena nos anos 1973-1989. Para compreender as demandas territoriais atuais é necessário levar em consideração as dívidas históricas que o Estado Chileno tem com o povo mapuche desde a sua formação e, além disso, as múltiplas consequências que a sociedade chilena experimenta hoje e que deixou ao povo mapuche numa situação de maior vulnerabilidade. Durante a ditadura militar implementou-se o modelo econômico neoliberal, trazendo drásticas mudanças em matéria de distribuição territorial, agravando o processo de espoliação territorial já que foram implementadas de maneira forçada algumas medidas que precarizaram as condições de vida do povo mapuche.

Alguns exemplos que ilustram o cenário da ditadura foi a criação de leis que mudaram a matriz produtiva do país, introduzindo a plantação de monocultura de espécies exóticas como base para a exploração florestal no sul do território. O Estado chegou a subsidiar o 75% das plantações de pinheiros e eucaliptos nas regiões do *Bío-Bío* e *Araucanía:*

> Otro caso emblemático se produjo con el DFL 701 — conocida como Ley Forestal —, que otorgaba una bonificación de un 75% a particulares para realizar manejo, administración y plantación de especies forestales exóticas, eliminando además la tributación posterior, lo que con los años generó como resultado un total aproximado de 2.500.000 hectáreas de bosque de pino y eucaliptus en territorio mapuche. (PICHINAO, 2015, p. 93)

Transformaram-se também os direitos de propriedade coletiva para propriedade privada[10], prejudicando o processo de Reforma Agrária, iniciado no governo de Salvador Allende (1970-1973), assim como os direitos sobre a terra e os recursos naturais como a exploração do solo e da água[11].

Atualmente, as comunidades mapuche lidam com as consequências da abertura econômica do país durante a ditadura, que permitiu a entrada de empresas transnacionais que exploram os recursos através da construção de obras de grande infraestrutura, como indústrias termoelétricas e hidrelétricas, afetando principalmente as comunidades que habitam nas proximidades do território, deixando-as sem acesso a recursos vitais como a água e a terra fértil.

---

[10] *Decreto Ley 2.568 (1979) sobre División de Comunidades Indígenas.* Permitiu a transformação de terras comunitárias em propriedade privada, dividindo as comunidades e tirou a categoria jurídica de "indígenas" como os habitantes do território (PICHINAO, 2015).

[11] Código de Aguas (1981). Não considera a terra como um espaço integral, divide entre solo, subsolo e ribeiras. Permite o uso da água em grandes quantidades, promovendo a entrada de projetos hidrelétricos (PICHINAO, 2015).

Diversas comunidades têm se organizado politicamente para fazer frente às medidas de exploração do território como é o caso da *Coordinadora Arauco Malleco* — *CAM*, que desde seu início, nos anos 1990, defende a autonomia territorial de suas comunidades e se mobiliza com o fim de boicotar as empresas florestais que invadem o território mapuche. As medidas que o Estado têm tomando são de intensa militarização dos territórios, fundamentado nas políticas de "segurança pública", aumentando a violência ali e deixando as comunidades em situação de plena vulnerabilidade.

Portanto, as demandas atuais do povo mapuche estão vinculadas à luta pela des-militarização dos seus territórios como medida coercitiva do Estado; à saída das empresas de monocultura florestal nas regiões do sul do território que provocam seca e destruição do solo cultivável, e a exploração dos recursos vitais como consequência do ingresso das empresas transnacionais que, amparadas nos discursos desenvolvimentistas, violam os direitos fundamentais dos povos indígenas.

As disputas do povo mapuche não são apenas territoriais, significam uma contraposição de formas de viver e entender o mundo que vá contra modelo econômico chileno.

> Me interesa evidenciar la violencia que generó la imposición de un modo mercantil monetario y privado de propiedad e intercambio por sobre el mapuche que responde a una matriz ontológica centrada en la vida y sus interacciones y, por consiguiente, a una socialidad y sociabilidad de relaciones y vínculos humanos y no humanos. (PICHINAO, 2015, p. 87)

"A consciência permaneceu a única esfera de liberdade disponível"[12]

Pensar a situação atual das mulheres mapuche na sociedade chilena faz parte de uma análise que considere não apenas gênero como uma catego-

[12] HILL COLLINS, P. *Black Feminist Thought*: Knowledge, Consciousness, and the Politics of Empowerment. Nova York/Londres: Routledge, 1990.

ria homogênea, mas também a origem étnica, geração, território e classe social. Pretendemos compreender como as mulheres enfrentam as múltiplas opressões, construindo novas alternativas de vida que respondem às violências históricas. Patricia Hill Collins (1990) considera — a respeito da realidade das mulheres negras americanas — que em cada sujeito existe uma dimensão íntima na qual não são completamente aceitas as imagens que se projetam sobre elas. A consciência individual é a primeira instância de resistência aos estereótipos e as imagens vitimizadas sobre mulheres negras.

Destacamos que, além da instância pessoal de resistência, as relações entre as próprias mulheres propiciam lugares seguros de valorização de si mesmas.

> As experiências de mulheres negras no trabalho e na família criam condições para que as contradições entre as experiências do dia a dia e as imagens controladoras da condição de mulher negra se tornem visíveis. Ver as contradições nas ideologias faz com que elas se abram para a desmitificação. (HILL COLLINS, 1990, p. 4)

No caso das mulheres mapuche existem instâncias de auto-organização que fazem parte destes espaços seguros, mas que têm sido invisibilizadas pela história oficial. É a resistência anônima difícil de ser encontrada nos livros, que habita na memória familiar por gerações. Um exemplo é a sindicalização das mulheres mapuche enquanto empregadas domésticas, nos inícios do século XX. A possibilidade de realizar trabalho assalariado como empregadas domésticas nas casas da classe alta de Santiago, permitiu as mulheres mapuche certa independência, assim como contribuir economicamente com a manutenção de suas famílias no sul do território. A dedicação das mulheres mapuche ao trabalho doméstico como uma das poucas opções de trabalho assalariado é uma consequência da distribuição do trabalho nas sociedades coloniais (ANTILEO; ALVARADO, 2018). O trabalho reprodutivo é socialmente considerado como inferior, permanecendo na esfera privada, e sendo executado principalmente por mulheres indígenas.

Em contrapartida, o trabalho produtivo é mais valorizado, fazendo parte da esfera pública da sociedade e realizado pelos homens. Esta distribuição invisibiliza o fato de que para que exista trabalho produtivo, o reprodutivo deve ser executado, neste caso, pelas mulheres mapuche.

A migração para a capital é uma dinâmica que se perpetua até os dias atuais, mostrando-se como uma alternativa para superar as condições de pobreza principalmente nas zonas rurais. No início do século XX, o fluxo laboral das mulheres mapuche foi concomitante ao processo de crescimento e desenvolvimento da cidade, porém a realização do trabalho reprodutivo sempre tem sido de difícil reconhecimento. O trabalho doméstico em casas particulares configura-se como uma continuidade da época colonial, onde os corpos femininos eram domesticados desde cedo para o serviço doméstico (ANTILEO; ALVARADO, 2018).

Por outro lado, Patricia Hill Collins (1990) afirma que mesmo se dedicando ao trabalho doméstico nos lares das famílias brancas americanas, estavam conscientes de uma sorte de duplo papel a ser interpretado: um na casa dos patrões e outro nos espaços comunitários. Portanto, considera-se que "[...] a matriz da dominação nas quais essas imagens controladoras estão enraizadas é muito menos coesa ou uniforme do que se imagina" (HILL COLLINS, 1990, p. 4). Em concordância, Djamila Ribeiro (2017) enfatiza a relevância de visibilizar as resistências anônimas das mulheres, tanto nas instâncias individuais quanto nas coletivas, pois estas quebram a ideologia dominante e geram uma disputa de narrativas:

> A importância de evidenciar que mulheres negras historicamente estavam produzindo insurgências contra o modelo dominante e promovendo disputa de narrativas. Nesse sentido, pensar a partir de novas premissas é necessário para desestabilizar verdades. (RIBEIRO, 2017, p. 24)

O território mais íntimo e pessoal que costuma ser o último a ser invadido pela ideologia racista e colonial, protege-se a partir das relações entre mulheres:

> No conforto das conversas cotidianas, por meio de conversas sérias e do humor e na condição de irmãs e amigas, as mulheres afro-americanas afirmam a humanidade umas das outras, afirmam sua excepcionalidade e seu direito de existir. (HILL COLLINS, 1990, p. 9)

As instâncias que devolvem o senso de humanidade às mulheres num contexto que historicamente tem criado mecanismos para desumanizá-las ocorrem principalmente nos vínculos familiares. Nos relatos das mulheres mapuche observa-se um apelo à ancestralidade, principalmente a linhagem matrilinear, quer dizer, ao vínculo afetivo com as mães e avós, o que, como veremos nos capítulos seguintes, aparece nas obras das escritoras aqui analisadas. Nesses espaços sentiam-se protegidas e valorizadas, principalmente na época da infância, antes de crescer e ter que migrar do território seja para trabalhar ou para estudar.

As sociedades estruturadas pelo colonialismo, racismo e sexismo produzem ideologias que atingem diretamente a construção da subjetividade das mulheres e, ao mesmo tempo, limitam as possibilidades de exercer uma cidadania plena. Atualmente, o cenário para as mulheres mapuche encontra-se em plena transformação, porém elas têm mais dificuldade no acesso a direitos básicos como educação e saúde.

> Efectivamente, las mujeres indígenas padecen más pobreza y tienen más dificultades que las mujeres no indígenas para acceder al sistema educacional y sus índices de analfabetismo son muy elevados, lo cual refleja que la mujer mapuche está en desventaja respecto a las mujeres chilenas, pero no podemos olvidar que también lo está respecto a los hombres mapuche. [...] Existe prácticamente una total carencia de oferta institucional para la promoción de los derechos propios de las mujeres mapuche e indígenas en general. (GARCÍA apud MATTUS; 2017, p. 20)

Como mencionado anteriormente, este cenário está em plena transformação, motivado também pelo trabalho e a tenacidade dos movimentos e organizações sociais mapuche que, no período do retorno à democracia, na década de 1990, têm conseguido uma série de diálogos com o Estado chileno. Mas o machismo e a exclusão das mulheres na tomada de decisões continua sendo uma dinâmica difícil de superar.

> El reconocimento de los derechos de las mujeres mapuche es fundamental y por ello se reivindica el fin de la violencia familiar, los derechos reproductivos, la participación igualitaria en las organizaciones, la administración de justicia, las prácticas culturales y la especial protección ante la violencia de Estado. (GARCIA apud SEGUEL; 2017, p. 21)

Segundo Andrea Álvarez e Millaray Painemal (2016), as pesquisas institucionais sobre violência familiar contra as mulheres não consideram a variável de pertencimento étnico para analisar os dados, apenas consideram a questão de gênero como universal, e são escassas as informações que ilustram a situação atual das mulheres mapuche em situação de violência. Nos programas de enfrentamento à violência é necessária uma abordagem que reconheça as desvantagens históricas nas quais as mulheres indígenas estão inseridas, e sobretudo, que as práticas sejam descolonizadoras, quer dizer, que promovam um lugar onde as mulheres possam sair dos estereótipos de vitimização.

Finalmente, Patricia Hill Collins (1990) ressalta a importância da atuação das mulheres negras nas artes, pois torna-se fundamental a criação de imagens alternativas às imagens controladoras que a sociedade tem imposto. A tradição do *blues* no caso das mulheres afro-americanas é um exemplo de criação em conjunto onde mulheres podiam usar a voz para contar a própria história. A presença das mulheres mapuche nos diversos campos de atuação abre caminhos em prol da desvitimização e da desconstrução das imagens desumanizadas. No caso das mulheres poetas mapuche que compõem esta pesquisa, é através da escrita que se abriram para os processos de afirmação de si mesmas, foi na arte que elas encontraram a própria voz.

DIÁLOGOS ENTRE TRAJETÓRIAS E OBRAS DE MULHERES POETAS MAPUCHE

Neste capítulo, apresentaremos brevemente as trajetórias das mulheres poetas mapuche que conformam esta pesquisa. Começando pela trajetória de Rayen Kvyeh, seguida por Maribel Mora Curriao, e logo Graciela Huinao. Abordaremos algumas questões levantadas nas obras como os processos de engajamento político nas lutas mapuche, as perspectivas críticas sobre gênero como categoria ocidental, e a relevância da linhagem feminina nas trajetórias das mulheres e o resgate da memória ancestral.

Sobre o exílio e o retorno: a obstinada trajetória de Rayen Kvyeh

Neste segundo capítulo apresentarei um diálogo entre as trajetórias de vida das escritoras mapuche e as temáticas abordadas nas suas obras. Assim, não pretendo manter uma ordem estritamente cronológica, mas sim desenvolver os principais temas levantados durante as entrevistas realizadas no trabalho de campo e a leitura das obras literárias. Durante a realização do trabalho de campo foi do meu principal interesse conhecer as motivações das escritoras pelo ofício de escrever, e se as obras tinham relação com suas experiências de vida, mesmo quando nem todas são explicitamente autobiográficas.

É possível reconhecer nas trajetórias das mulheres que a atividade da escrita é um ofício com o qual se identificam, que constitui quem elas são. Em muitos casos, identificam-se com o trabalho de escritora como porta-voz das experiências e histórias do povo mapuche.

Retrato de Rayen Kvyeh — Arquivo pessoal

Rayen Kvyeh — que significa flor de lua em *Mapudungun* —, nasceu na cidade de Huequén, na *Región de La Araucanía*, Sul do Chile. Ela decidiu assinar esse nome como uma forma de valorizar e revitalizar a língua do povo mapuche, num contexto de discriminação pelo seu uso nas escolas.

É o trabalho um dos principais temas apresentados por Rayen Kvyeh em nosso primeiro encontro, que teve lugar em sua casa, na cidade de Temuco, no final do ano de 2017. O diálogo esteve focado em contextualizar seu trabalho atual, e sobre como tem sido o processo de escrita e publicação dos seus livros de forma independente.

Inicialmente, ela destaca que as suas obras têm sido publicadas, majoritariamente, no exterior. Rayen faz referência à certa exclusão do cenário literário chileno e afirma que seu trabalho tem tido maior aceitação nos países de Europa e América Latina, onde tem sido traduzida e publicada. Consideramos que as dinâmicas de exclusão se originam nas estruturas coloniais da sociedade chilena que desvalorizam a produção artística de mulheres indígenas. Ela comenta que nas instituições europeias teve a oportunidade de traduzir e publicar as suas primeiras obras. No caso do seu primeiro libro *Luna de los primeros brotes* (*Wvne Coyvnñi Kvyeh*/Mond der ersten Knospen, 1989), que foi traduzida do *mapudungun* ao alemão, e distribuído por uma editora na Alemanha.

> El primer libro es "La luna de los primeros brotes", que es *Wvne Coyvnñi Kvyeh*, y que es, digamos, el relato de la historia, de la memoria del pueblo mapuche, cuando el pueblo mapuche fue libre, en la lucha con los españoles. Son relatos poéticos, de pasajes de la historia, llevados a la poesía. Y es una trilogía de lunas. (Entrevista 27/12/2017)

Rayen iniciou sua carreira artística como dramaturga. Nos anos 1970 dedicava-se a escrever obras para o *Taller Experimental de Teatro* na *Universidad de Concepción*. Posteriormente,

> [...] esteve em prisão, em 1981, durante a ditadura militar de Augusto Pinochet[1] e foi desaparecida por quarenta noites e torturada no cárcere de castigo de Talcahuano. Teve que viajar como refugiada a Alemanha e Nicarágua entre 1981 e 1987. (SÁNCHEZ, 2015, p. 24)

Nas palavras de Rayen:

> Yo soy dramatuga también. Entonces he escrito muchas obras de teatro, y fui prisionera política porque en el tiempo de la dictadura estaba prohibido escribir teatro, y yo escribía teatro contra la dictadura. O sea, no contra la dictadura, pero es que era un teatro político, digamos, que revelaba lo que estaba pasando. Y eso me costó bastante caro. Fui prisionera política. Yo nunca he militado

[1] Ditadura militar chilena (1973-1989) liderada por Augusto Pinochet no comando da Junta Militar. Foi imposto o terrorismo de Estado, criminalização dos movimentos sociais e sindicais através de torturas, prisão e desaparecimento de civis. No caso do povo mapuche, pessoas envolvidas no processo de Reforma Agrária (1970) foram presas e torturadas. Na região da Araucania contabilizam-se 177 casos, dos quais o 28% correspondem a prisioneiros mapuche (PICHINAO, 2015).

> en un partido, por lo que escribo. Tengo mis ideas, por supuesto. Y bueno, ahí salí al exilio en alemania, estuve en fraigbur, exiliada, y después de ese exilio en alemana estuve dos años y después me fui a nicaragua. (Entrevista 27/12/2017)

Foi durante o período em prisão e posterior exílio que aparece o processo criativo de escrever poesia "[...] como um mar incontrolável, foram águas que transbordaram dentro da cela e que se escaparam através dos orifícios das grades" (SANCHEZ, 2015, p. 26). Rayen relata como surge a necessidade de expressar-se num meio hostil:

> En la noche, yo ponía mis libros sobre la cama, los libros que me llevaban de regalo, hacía una escalera con los libros, arriba de la celda. Yo estaba en una celda sola, había una pequeñita ventana, y ahí yo esperaba el momento en que la luna llegaba en la posición en la que estaba yo esperándola. Ahí empecé a conversar con la luna y aprendí que era posible iluminar mi encierro con su luz. Así empecé a escribir poesía por primera vez, porque yo escribía mucho ensayo antes, crónicas y obras de teatro, pero la poesía nació ahí. (SANCHEZ, 2015, p. 26)

Nos seus anos no exílio Rayen escreve poesias que posteriormente darão origem à trilogia de livros relacionados com a lua. Sobre suas motivações explica que:

> [...] Tenía una nostalgia muy grande de las montañas, de la cordillera. Entonces me fui, allá hay unas montañas, que es la selva negra. Entonces me fui un día ahí y empecé a escribir. Y escribí todo el libro ahí, así [rápido], noche, día, noche, día. Y lo escribí completo ese primer libro. (Entrevista 27/12/2017)

A trilogia de luas corresponde a três obras publicadas no exterior e em diferentes idiomas. Além de *Luna de los primeros brotes*, ela publicou *Luna de las cenizas* (2011) em italiano-espanhol, e *Brotes de luna llena* (2012). Em entrevista, a autora explica o significado desta trilogia:

> Tiene que ver también con la cosmogonía mapuche, como yo te dije somos un pueblo de la luna. Y bueno, la Luna de los primeros brotes es cuando todo florece en la tierra: la cosecha, los árboles se llenan de fruta, todas las flores florecen, y por eso se llama la Luna de los primeros brotes que es la primavera. Cuando la tierra pare vida. La Luna de las cenizas es cuando cae nieve pero no cae nieve, sino que cae hielo y quema todos los sembradíos y es un desastre, no hay cosecha, no hay vida en la tierra. Se quema. Por eso se llama Luna de cenizas. Y después el otro libro. [...] Se llama Brotes de luna llena, eso que tiene que ver con todo. Todo lo que madura cuando la luna está llena. Entonces esta trilogía tiene que ver con la cosmogonía y el significado de la luna en el pueblo mapuche. (Entrevista 27/12/2017)

Luna de las cenizas (2011) é, segundo a autora, sua obra mais autobiográfica, na qual destacam-se dois poemas que relatam a sua experiência como presa política:

Luna de las Cenizas

Mis ojos cegados por la negra venda
el aire cortado en un metro cuadrado
amarrado el torturado silencio
entre cables, golpes y sangre.

Se extravía mi razón
en interminables laberintos
de cruda realidad y negra fantasía.

Sudando frío, temblando rabia
mi piel apretada a su escuálido esqueleto
va abandonando la vida
en una lenta agonía.

Me llaman mis hijos
entre voces del kulxug y guitarra.

Mis ojos se inundan
bajando en raudales
mi cuerpo se limpia y baña de calor
mis entumecidos pensamientos.

Pasito a pasito
mis vendados ojos
caminan los senderos
de mi tierra.

Junto al telar
la abuela choclos desgrana,
te besa el pewen,
recoges piñones,
sudando en el horno
amarras tus lágrimas
por las militarizadas calles
de la sitiada ciudad.

Un bosque de ternuras
se anuda en mi vientre
dando vida
a un embrión rebelde. (RAYEN KVYEH, 2011, p. 2)

Abuela Luna

Mi celda tiene
cuatro metros cuadrados
con muros de color café.

El interruptor de la luz
se enciende desde afuera.
Con la caída del sol
cada tarde
la carcelera la apaga.

En la parte superior
de la pared del fondo

hay una pequeña ventana
con barrotes de fierro negro.

Una colchoneta delgada
me sirve de cama
y por cobija
la vieja manta
que me regalara mi padre.

Mis libros yacen
en una desordenada algarabía.
Cada noche, con ellos
construyo una montaña
gasta alcanzar la ventana.

Noche tras noche
llega mi abuela luna.
Conversamos y compartimos
la oscuridad de la prisión
y la angustia de tener hijos pequeños
en la vieja casa de la población.
Ella... me escucha en silencio.

Mis hijos duermen.
Una luz misteriosa
ilumina la humilde vivienda.
Sonriente,
mi abuela luna, les besa.

Por la mañana
mis libros yacen
en una desordenada algarabía.
Los esbirros no han logrado
apagar la luz de la luna. (RAYEN KVYEH, 2011, p. 6).

Para Guillermo Sánchez (2015), pesquisador da Universidade de Carolina do Norte, Estados Unidos, que desenvolve pesquisas dedicadas a escritores indígenas de América Latina, a obra de Rayen vem para contar uma nova história, diferente da história "oficial" contada pelos *winkas*, pelos chilenos, e pelos colonizadores espanhóis. Pode ser considerado um livro contestador, um livro político, como ela afirmaria durante a entrevista. Ao observar a trajetória literária de Rayen, destacamos a relação que existe entre a presença da natureza em seus escritos e a resistência cultural. Elementos da natureza são também reconhecidos como entidades espirituais. De acordo com Sánchez:

> En "Luna de las cenizas", árboles, riachuelos, arroyos, montañas no son solo "lugares", referencias de una geografía o de un paisaje, sino que son considerados "abuelos" y "abuelas" testigos de las múltiples invasiones a los territorios ancestrales. (SANCHEZ, 2015, p. 28)

Em *Luna de los primeros brotes* (1989), a autora constrói uma narrativa épica que relata a chegada dos colonizadores espanhóis no território ancestral mapuche. Com a invasão territorial, existe a imposição de uma visão de mundo antagônica com a preexistente, que trouxe caos e desequilíbrio à ordem cosmológica. Portanto, o povo mapuche resiste tomando todos os elementos, tanto materiais quanto espirituais, apoiados pelas entidades da natureza. Assim, em *Luna de las cenizas* (2011) é possível observar esse choque de visões de mundo a partir de uma análise contemporânea referente ao modelo econômico neoliberal chileno, representado pela presença das empresas de plantação florestal que têm significado décadas de disputa territorial e falta dos recursos hídricos. Através do poema *Oscuridad de Agua*, Rayen relata o processo de exploração de um território que foi destinado para uma extensa atividade pecuária e agrícola e que hoje seus recursos são afetados pela presença do monocultura de pinheiros e eucaliptos.

Oscuridad de Agua

El koilako ha enmudecido
los menoko — los ojos de agua

de cuencas vacías
ven como la vida se escapa.
En la azulada tierra de arriba
el sol bate sus rayos.
La oscuridad de agua
resola los valles.
Oscuridad de agua
en Reñiko, kojinke, kexawe, Pantano, xomen.
Oscuridad de agua en Lumako.

Hace 120 años la ocupación militar de esta mapu ñuke, se justificó con razones de progreso, con razones económicas. Estas tierras estaban destinadas a convertirse en el triguero de Chile y satisfacer las demandas de California.

El Lonko Kayupan
se remonta en sus recuerdos.
Mis abuelos tomaron las semillas,
en la poquita tierra que nos dejaron
sembraron trigo.

Había agua en abundancia.
El Koilako corría ondisonante
y sus voces llenaban de vida este valle.

El sagrado poder del agua
estaba sobre nuestra mapu ñuke.
Los menoko — los ojos de agua
brotaban alegres,
viendo crecer los choclos y porotos,
las cebollas y los ajos,
las lentejas y verduras,
el cilantro y el ají.

Teníamos animales
bebiendo el agua de la vida

y la madre tierra fecundaba
y reflorecía a flor de agua
Los menoko — los ojos de agua
brotaban alegres
viéndonos crecer.
DE SUS OJOS LLUEVEN SUEÑOS.

[...] *El triguero de chile ha desaparecido para dar paso a las forestales. Las razones se repiten. El progreso, la globalización, y el mercado internacional de la madera.*

El lonko Kayupan continúa
anudando la historia.
Desde que llegaron los winka,
que no son los dueños de la tierra,
acorralaron la comunidad mapuche,
con plantaciones de pino.
Nadie ha entregado o vendido la tierra.
El linde se hacía con una cuneta.
Los winka, cavaron una nueva,
después plantaron pino
y borraron la antigua cuneta.

Noche por noche corrieron el linde
y fueron arrinconando al mapuche.
No había alambre en la vida antigua.
DE SUS OJOS LLUEVEN TORMENTOS.

Un triple anillo:
cuneta, alambre, pinos
encierran las comunidades.

El Lonko Kajupan
continúa desgranando verdades.
El pino produce enfermedades.
El pino produce un polvo blanqueado
que ahoga la respiración de los niños.

> Cuando llueve, el agua lo junta
> y se puede ver por los caminos.
>
> El sagrado poder del agua
> ha desaparecido
> de la faz de nuestra mapu ñuke.
>
> El sagrado poder del agua
> se ha refugiado, enfermo,
> muy abajo en el vientre de nuestra madre tierra.
> Los poderes del agua
> están ahogados.
> A nosotros nos tienen ahogados los pinos.
> DE SUS OJOS LLUEVEN SEQUEDADES. (RAYEN KVYEH, 2011, p. 18)

As empresas florestais são a continuidade desse processo de exploração colonial, hoje não apenas existe uma disputa territorial, como também existe um processo de precarização de todas as formas de vida, afetando a possibilidade de plena existência da cultura mapuche tanto na dimensão material quanto na espiritual. Cabe contextualizar que o modelo neoliberal foi implementado no Chile no período da ditadura militar, cujo objetivo na região foi implementar uma série de políticas públicas que promoviam a transformação de terreno fértil em espaço para a extensa produção de pinheiros e eucaliptos, provocando a erosão dos solos e intensos períodos de seca.

Um dos elementos que mais aparece na obra de Rayen Kvyeh é a relação do povo mapuche com a natureza. Concordando com Sánchez (2015), acredito que é importante manter um olhar situado dentro dos significados culturais para evitar cair em interpretações simplificadas. O autor contribui refletindo sobre as expectativas que existem sobre os rótulos referentes as categorias "mulher", "indígena", "poeta":

> [...] más allá de los discursos raciales y los esencialismos identitarios, "lo indígena" o "la indigeneidad" son realidades que responden

> no solo a un "sentido geocéntrico de la identidad" ni "solo a una cuestión construida biológicamente o racialmente", sino que son experiencias de vida sustentadas en historias personales y colectivas, y en responsabilidades adquiridas con lugares específicos y comunidades. (SÁNCHEZ, 2015, p. 37)

Assim, torna-se arriscado tratar estas interpretações como "essencialistas", quando não se considera a existência de outras cosmologias e saberes ancestrais para além do ocidental. Estes significados fazem parte das experiências pessoais e coletivas dentro de cada cultura, e as mulheres indígenas, particularmente encontram-se num processo de desconstrução de estereótipos.

O esforço cotidiano de Rayen está focado no seu ofício como escritora e em publicar de forma autogestionada, para assim ter certa autonomia nas temáticas que deseja abordar. Ela comenta sobre os custos de realizar um trabalho autofinanciado, o que requer uma entrega completa no que faz, tendo inclusive que viver de forma austera. Ao indagar sobre as dificuldades que atravessa para seguir em frente com seus projetos literários, se refere:

> Bueno porque fui prisionera política por lo que escribo. Tengo una marginación intelectual por lo que escribo. No tengo ninguna posibilidad de un trabajo pagado en Chile. Me incendiaron mi casa hace cinco años. Perdí todo. Quedé sin casa, esta es la casa de mi hijo. Y mira yo, no siento la casa. A esta altura ya que han pasado cinco años, sino que yo tenía una biblioteca con cinco mil ejemplares de libros de todas partes, de muchos paises. Era una buena biblioteca, y tenía 150 obras de arte originales. (Entrevista 27/12/2017)

Rayen acredita que o seu envolvimento com os movimentos sociais e a sua literatura engajada politicamente podem ser os motivos de exclusão das instâncias de financiamento institucionais. Ao mesmo tempo, cabe ressaltar que produzir uma publicação literária desde o sul do Chile, fora do eixo central que é a capital, torna-se um desafio, pois em Santiago encontram-se os grandes monopólios das editoras, das quais dependem o financiamento e difusão das obras. É por isso que a produção de Rayen Kvyeh fortalece a cena literária local, o que significa também a defesa de um espaço autônomo de criação literária que resiste à mercantilização da literatura.

É importante registrar que durante a realização do trabalho de campo apareceram alguns questionamentos vindos da própria comunidade mapuche sobre o pertencimento étnico de Rayen. Alguns questionam se ela é "realmente indígena". Nesse sentido, desde a minha perspectiva enquanto pesquisadora reflito sobre a tênue linha que separa a possibilidade de autodeterminação dos sujeitos e a legitimidade entregada pela comunidade. Não é do meu interesse avaliar a veracidade destes questionamentos, mas apenas trazer os pontos de complexidade que o campo oferece e que enriquecem a análise sobre a estruturação colonial e racial das relações sociais na sociedade chilena, e nos leva a refletir sobre esses "não lugares" que o racismo lhe outorga ao sujeito considerado "mestiço". Para além destas particularidades, a importância da obra e da trajetória de Rayen Kvyeh torna-se inegável, uma vez que ela tem significado uma abertura de caminhos para o surgimento das gerações de jovens poetas contemporâneos.

Um dos aspectos relevantes apresentados pelas escritoras estudadas é a importância que lhe outorgam aos ancestrais, à linhagem familiar, à memória de quem esteve antes que elas. Como assinala Rayen, ainda que os poetas consigam transmitir a história e o conhecimento mapuche, é o respeito e o valor pela ancestralidade que se constitui como a fonte de inspiração e sabedoria.

> Yo creo que nosotros los poetas, las poetas, las mujeres y los hombres poetas, la gente que escribirmos, hemos abierto un nuevo camino de reconocimiento de la sabiduría del pueblo mapuche. Porque no somos nosotros. Lo que yo escribo no es lo que yo sé. Es lo que yo aprendí de los sabios y de las sabias mapuche, de la gente que tiene el conocimiento. Ahora yo puedo pasar eso a la palabra escrita. Pero creo que no tengo el privilegio de ser una escritora

mapuche, sino que soy una transmisora del conocimiento, de la palabra. (Entrevista 27/12/2017)

Além do seu trabalho como escritora, Rayen possui um papel importante como produtora cultural a partir da fundação nos anos 1990 da *Casa Mapu Ñuke*[2] *de Arte, Ciencia y Conocimiento Mapuche*. Com este centro cultural, surgiu a iniciativa de criar a revista que leva o mesmo nome, com o objetivo de difundir o trabalho de poetas e artistas mapuche. Durante as últimas décadas, tanto o centro cultural, quanto a revista têm significado um suporte para diversos artistas, escritores, poetas e intelectuais que buscam um espaço de acolhimento e difusão dos seus trabalhos na cidade de Temuco. A casa permaneceu em funcionamento até o ano 2017, e se realizavam atividades culturais, exposições de arte, saraus de poesia, entre outros. Suas funções foram encerradas por falta de recursos para manter o espaço.

Atualmente, Rayen encontra-se num processo de difusão do seu último livro chamado *PAZificación del Wallmapu* (2017), no qual narra, através de sua poesia, os casos de julgamentos pela Lei Antiterrorista[3] na região da Araucania, no sul do Chile, cujos principais atingidos têm sido jovens e mulheres mapuche criminalizados pelas lutas do seu povo. Rayen assistiu os julgamentos durante dez anos, participando ativamente nas atividades de apoio aos familiares dos afetados, que vinham de regiões rurais, muitas vezes com poucos recursos.

O título do livro faz referência ao surgimento de uma "organização cidadã" de extrema direita denominada "*Paz en la Araucanía*", formada por agricultores, latifundiários, empresários do setor agrícola e da madeira que

---

[2] Mãe Terra.

[3] A Lei Antiterrorista criminaliza a protesta social, principalmente a realizada pelo movimento mapuche e associados. Outorga duras condenações a atos como incêndios, sequestros, invasão de propriedade privada, entre outros. Porém, a justiça chilena tem aplicado esta lei apenas a integrantes do movimento mapuche. Disponível em: www.bbc.com/mundo/noticias/2014/08/140801_chile_ley_antiterrorista_nc. Acesso em: 30 dez. 2017.

atualmente defendem a militarização da região e exigem às instituições soluções baseadas nos discursos da segurança e da paz (PAINEMAL, 2015). Este livro remete diretamente ao período histórico mal denominado *Pacificación de la Araucanía (1860-1883)*, que significou para o povo mapuche a perda da autonomia política, já que o território foi anexado ao Estado Chileno.

O texto é uma composição de diversas experiências retratadas em gêneros textuais como verso, prosa e algumas entrevistas; e todo o contexto em que se desenvolve a elaboração do livro o torna mais valioso. Alguns antecedentes foram revelados no lançamento do livro, em março de 2018, na cidade de Temuco, evento no qual a autora mencionou ter retirado os manuscritos das cinzas, literalmente, produto do incêndio da sua casa no ano 2014. Anos depois do incêndio, cujas causas nunca foram esclarecidas e os escombros nunca foram retirados, Rayen Kvyeh decidiu resgatar as páginas soltas entre os escombros e dar continuidade ao projeto do livro.

Os relatos contidos no livro estão impregnados de um constante sentimento de impotência, raiva, injustiça e dor, produto de um sistema judiciário que funciona a partir de interesses excludentes e racistas. Após assistir os julgamentos da Lei Antiterrorista, Rayen Kvyeh afirma que existe um sistema judiciário destinado aos chilenos e outro diferenciado para tratar os casos com pessoas do povo mapuche envolvidos. O livro inclui uma comovente entrevista com Catalina Catrileo Quezada, irmã de Matías Catrileo Quezada, um jovem mapuche que foi assassinado pelas costas durante o enfrentamento com a força policial no verão do ano 2008. Parte da *Revista Mapu Ñuke* contém poemas dedicados aos jovens mortos e desaparecidos nas mãos do Estado Chileno. Alguns destes casos são: Alex Lemun, Matías Catrileo e José Huenante Huenante. Rayen dedica o poema "Baila la muerte" ao assassinato de Matías Catrileo:

Baila la muerte

Baila la muerte
en la mesa

de los poderosos comensales.
Aplauden y callan,
callan y aplauden
bajo la cómplice sombra
de las blancas leyes.

Se rompe el silencio
en los barrotes-muros.
La huelga de hambre
cabalga por las venas
de los prisioneros políticos mapuche.
En las negras trenzas
de Patricia Troncoso
se enreda el silencio
de las voces ancestrales.

Baila la muerte
sobre los pinos de pascua
de artificial nieve
y luces de colores.
[...]
Baila la muerte
sobre la balanza de la justicia
de los poderosos comensales.
Bailan las leyes.

Se rompe el silencio.
La huelga de hambre
cabalga los usurpados caminos
del territorio mapuche.

Baila la muerte
en el escritorio
de los poderosos comensales.
Bailan las armas.
Baila la muerte.
La bala asesina
apunta a la espalda.

Matías Catrileo asesinado.

En las negras trenzas
de Patricia Troncoso
se enreda el silencio
de las voces ancestrales.
Rompen el silencio
las voces de los vientos.
Lemun, Catrileo, Epul
se levantan
en las cuatro fuerzas de la tierra.

Matías Catrileo cae
besando la tierra.
Las voces de los vientos
rompen el silencio
Sus ojos se cierran
iluminando
los senderos anchos y estrechos
de la NACION MAPUCHE

Las voces ancestrales
rompen el silencio
Matías Catrileo camina
por las cuatro fuerzas de la tierra (RAYEN KVYEH, 2017, p. 58)

O mais recente projeto literário de Rayen parece ter vencido diversos obstáculos para sua execução, e tem demandado uma dedicação total por parte da autora. Para Le Bonniec (2017, p. 88), o livro

> [...] contém a história de um obstinado e esforçado trabalho de memória da sua autora, portadora de um projeto emancipador muitas vezes ameaçado e postergado frente às adversidades, mas nunca abandonado.

Faz parte de uma demanda coletiva que tem interpelado nas últimas décadas diversas organizações de defesa dos Direitos Humanos, organizações indígenas e meios ambientais. Envolve principalmente a defesa dos presos políticos mapuche, condenados pelo Estado chileno. Logo, denuncia a espoliação do território e seus recursos, evidenciando a contraposição e incompatibilidade dos modos de ser, estar e habitar dos mapuche com o modelo econômico neoliberal. O processo criativo e de produção desta obra ultrapassa os limites autorais de Rayen Kvyeh, trazendo as vozes e vivências dos principais atores afetados: homens e mulheres nas prisões do sul do país, exigindo liberdade através de protestos, como greve de fome, crianças sendo afetadas em territórios militarizados e em contextos de violência.

Vozes femininas na obra de Maribel Mora Curriao

Maribel Mora Curriao nasceu na cidade de Panguipulli, Región de Los Ríos, no sul do Chile, em 1970. Logo cedo sua família se mudou para a cidade de Freire, na Región de La Araucanía, onde viveu a maior parte da sua vida. É formada em Letras pela Universidad de la Frontera, em Temuco e trabalhou como professora em Freire, até que se mudou para Santiago para iniciar seus estudos de Mestrado em Literatura na Universidad de Chile. Atualmente mora em Santiago e é doutoranda do Programa de Estudos Americanos da Universidad de Santiago.

Para pensar no encontro com a escritora e acadêmica Maribel Mora Curriao, me apoio nas inquietações de Francesca Gargallo (2014), quando se questiona sobre a possibilidade da existência de feminismos não-ocidentais na América Latina. Refere-se ao não ocidental como o pensamento que surge à margem da matriz moderna ocidental, pautada pelo colonialismo como processo que interrompeu o desenvolvimento da autonomia dos povos indígenas na América Latina. É a partir dessa resistência que surgem outras formas de interpretar as relações de gênero dentro das culturas, por fora dos projetos institucionais.

Maribel Mora interpela o feminismo hegemônico, afirmando que não se identifica com uma visão absolutamente opressora das mulheres no contexto mapuche. Reconhece que suas referências femininas sempre foram mulheres fortes e líderes familiares.

A linhagem feminina forma parte do sujeito que protagoniza a sua obra *Perrimontun* (2014), que ela descreve como várias vozes que se expressam, mas que viveram em momentos diferentes da sua história familiar.

[...] me crié en una familia con una marcada presencia femenina también, y de mujeres fuertes. [...] Eran mujeres dedicadas a hacer muchas cosas, tenían su profesión pero además eran el apoyo de la familia. Y creo que en ese sentido el rol femenino tiene una cosa quizás en mis libros menos contestataria, menos feminista, por así decirlo. Muy de mujer, pero en mi visión, es una visión que no es feminista. Yo eso lo tengo claro. Y tiene que ver también con una historia de mujeres fuertes, donde el tema del feminismo quizás no era un tema porque la mujer tenía un rol muy importante, muy relevante. (Entrevista 06/04/2018).

A autora resgata a cultura feminina da sua família, construindo uma personagem composta por distintas vozes de mulheres, entendida por ela como "[...] essa ideia própria da cultura mapuche que você é o que é a partir de muitas pessoas que te antecederam" (Entrevista 06/04/2018).

Em *Perrimontun* podemos encontrar algumas ilustrações onde aparecem referências femininas criadas pela autora, já que, além de ser poeta, ela é pintora.

Colagem de Maribel Mora Curriao

Fonte: MORA, M. *Perrimontun*. Santiago: Editorial Konünwenu, 2014.

Com esta ideia que problematiza o feminismo, presente em sua narrativa, é importante pensar nos motivos pelos quais algumas mulheres indígenas não enxergam no feminismo uma bandeira com a qual se identificam. Na experiência compartilhada de Francesca Gargallo (2014) com mulheres de diversos locais da América Latina, podemos observar a distância que existe entre a realidade de mulheres urbanas, acadêmicas a respeito das lutas cotidianas, das mulheres indígenas nos contextos rurais. Julieta Paredes (2017), feminista comunitária da Bolívia, problematiza explicando que o movimento feminista perdeu seu potencial de transformação uma vez que se tornou aliado da "tecnocracia de gênero", dos ideais neoliberais que cooptaram aos movimentos sociais na década dos noventa na América

Latina. É difícil e problemático para as mulheres indígenas conseguirem se identificar com um feminismo que não as contempla. Assim, o feminismo comunitário propõe-se a reconceitualizar categorias como feminismo, gênero e patriarcado.

> El feminismo en occidente responde a las necesidades de las mujeres en su propia sociedad: ellas desarrollaron luchas y construcciones teóricas que pretenden explicar su situación de subordinación. Al instaurarse en el mundo de relaciones coloniales, imperialistas y transnacionales, estas teorías se convierten en hegemónicas en el ámbito internacional invisibilizando así otras realidades y otros aportes. [...] Nos parece importante partir de nuestra definición de feminismo: Feminismo es la lucha y la propuesta política de vida de cualquier mujer, en cualquier lugar del mundo, en cualquier etapa de la historia que se haya rebelado ante el patriarcado que la oprime. [...] No queremos pensarnos frente a los hombres, sino pensarnos mujeres y hombres en relación a la comunidad. (PAREDES, 2010, p. 79)

Esta interpretação das categorias ocidentais sobre a opressão universal da mulher e sobre as propostas feministas para sua libertação, significam um desafio para a própria labuta investigativa, pois a reprodução destas poderia contribuir ao imaginário colonialista já existente, assim como as identidades impostas sobre gênero e etnicidade. Maribel Mora reflete acerca de como os discursos hegemônicos do feminismo podem ser excludentes:

> [...] ¿qué pasa con otros discursos de mujeres indígenas que no son quizás contestatarios desde ese punto de vista, sino que, al contrario, asumen un cariz maternal, de la mujer apegada a la tierra, por ejemplo? Estos discursos quedan fuera, pues es claro que se les acusa de más esencialistas, o de ocultar relaciones de dominación de género y eso les molesta a muchos. Aunque también hay otros que valoran estos discursos desde el exotismo (MORA apud FLORES, 2011, p. 159)

Porém, a respeito deste tema consideramos que existem visões que se contrapõem, assim como os temas abordados pelas escritoras mapuche são múltiplos, alguns aproximam-se ao resgate da tradição cultural e outras expressam-se contestando às imagens controladoras que tem se construído sobre as mulheres mapuche.

Fernanda Moraga (2013) ressalta a importância de pensar nos significados que existem ao redor de categorias como "ser mulher" e "ser mapuche", somados a outras variantes como se dedicar à labuta de escrever ou à atividade acadêmica.

> La posición crítica que intentamos asumir en este estudio se posiciona en la **ruptura de la convicción determinista** que apunta a que la función cultural (ser mapuche) y el rol simbólico (lo femenino), se afectan de naturalizada bajo la fábula de la identidad única del cuerpo originario. [...] Para que la transgresión a esta norma sociocultural colonialista se produzca, **es necesario que la dinámica entre ambas categorías — género y mapuche — desestabilice**, a partir de la propia textualidad de la enunciación, **las significaciones arbitrarias y monológicas sobre los cuerpos y sus relaciones con la cultura y la sociedad**. (MORAGA, 2013, p. 7) [Grifos meus]

Logo, sobre as expectativas que se encontram no imaginário social, Maribel Mora reconhece que os questionamentos cotidianos a respeito do seu trabalho requerem uma afirmação constante da própria identidade:

> Si uno habla de poesía mapuche y eres un sujeto chileno, nadie va a poner en cuestión lo que dices, pero si eres un sujeto mapuche y vienes a hablar de poesía mapuche, es muy probable — y me ha sucedido —, que cuestionen desde dónde estás hablando, pues algunos quieren que seas un mapuche más auténtico, y si no lo eres vas a hacer rechazado por eso. Hay otros sujetos que esperan que seas un mapuche más "civilizado", y si no lo eres también eres rechazado. (MORA apud FLORES, 2011, p. 159)

Ao início do livro *Perrimontun* (2014), evoca aos seus ancestrais, os nomeia e reconhece que a sua noção de mundo tem sido permeada desde a infância pela convivência com os avós, que transmitiram a sua história familiar. No poema intitulado Presagios, Maribel Mora coloca a linhagem familiar como um dos sinais nos quais procura compreender sobre a sua história e a história do seu povo.

Presagios

> Me habita el delirio. Encendido el corazón bajo la luna, he debido cobijarme en mi *küpalme*. Vacío de alma. Tierras sin espesura. Lo demás se pierde en el parpadeo de la historia. Pero los abuelos aún nos sueñan desde las montañas. Por eso escribo estas palabras. También por los hijos y los hijos de los hijos. Mañana serán del mundo...
>
> Afuera los días pasan, la escritura nos detiene. Puro anhelo estas palabras. Leves, mustias, átonas, nostalgia de praderas y de preces. Ah! la poesía, esa 'vieja y desesperada paciencia', no me empuja ni me levanta, no me sueña ni me busca. Las visiones sí, las voces perdidas, *kütralwe* encendido para espanttar el miedo.
>
> Manuela Colipe, abuela mía, madre de mis sueños. Manuel Curriao, voces oscuras, cruces de las sangres. Juan Colipe Ñancuvil, Bartola Gineo, José Ignacio Chiguay, Margarita Curriao... en esas palabras--bosque aún podemos escucharlos. ¿Aún nos sueñan?, ¿Todavía las vertientes acuden a sus llamadas? He visto sus corazones pintados en las estrellas, latiendo inconfundibles en la corola de las flores. Si no estuvieran... Ah! si no estuvieran ¿Cómo respiraría el mundo?
>
> Nos nombraron brujos durante siglos salvajes, indios, trofeos humanos, vencidos en guerra bajo el yugo de una espada que no cesa, de una espada que no mata.
>
> Ya no hay montañas para huir de *Kai Kai Vilu,* el mundo entero es una sola planicie. El *likan* hipnótico me quema por dentro, posesa, perdida, sin el corazón, sin aliento. Por eso debimos ocultarnos en el monte de la palabra poética: maraña y espesura, delirio sin

> retorno. Pérdida, pálpito agónico, canto, corazón y aire. (MORA CURRIAO, 2014, p. 2)

As raízes coloniais produzem dinâmicas que colocam o sujeito em lugares ambíguos, de difícil definição e produto do apagamento da cultura. Por isso, a autora se posiciona dentro de um processo de resgate constante da memória familiar, por ser uma das poucas fontes de história pessoal que lhe restam.

> [...] El posicionamiento como mapuche fue desde entonces un rasgo fundamental y la búsqueda ha sido atar los cabos sueltos que nos ha impedido saber/ conocer eso que fuimos como grupo humano. Buscamos aún en las bibliotecas de la República retazos de nuestra historia, que a la sazón contaban cotidianamente los *weupifes*... No conocer este pasado nos limita en nuestro conocimiento de lo que somos en este momento, de lo que podemos ser en un futuro, por eso ahondamos en la memoria, el *kupan* y el *tuwün* del origen. Sólo la reconstrucción de este entramado es lo que nos permitiría ser/ estar en el mundo como mapuche. (MORA apud RODRÍGUEZ, 2014, p. 94)

Como Maribel Mora explica, na concepção mapuche os sujeitos estão constituídos por dois elementos: *tüwün*, que faz referência ao território, e *kvpalme*, que se refere à linhagem familiar. Sobre a linhagem familiar compreendemos que o sujeito está constituído pelos familiares que lhe antecederam, como a escritora ilustra em *Perrimontun*, a partir da ideia de ser habitada pelos ancestrais. O vínculo com o território faz alusão não apenas à questão geográfica, mas também a todos os seres (não humanos) que habitam e se relacionam com a dimensão humana, incluindo elementos da natureza como montanhas, cordilheras, vulcões, rios, mares e florestas.

Graciela Huinao e a recuperação da memória ancestral

Graciela Huinao — Revista Ya

Na obra de Graciela Huinao podemos observar a presença de personagens femininas como protagonistas. *Desde el fogón de una casa de putas williche* (2010) conta a história de um bordel localizado num povoado do sul do Chile, cujas personagens principais são as prostitutas. Depois, em seu livro *Katrilef* (2015), Graciela narra a história de vida da sua bisavó Manuela Katrilef, filha de um *ülmen* [4] *williche*. Estes personagens femininos estão distantes da ideia de absoluta opressão. Porém, em *Katrilef* a autora expressa uma visão crítica acerca das estritas regras impostas sobre os corpos das mulheres mapuche em prol da manutenção da tradição.

Manuela Katrilef foi filha de um homem rico e de alto *status* social na hierarquia social mapuche. A história desenvolve-se num contexto de

[4] Ülmen: homem rico na sociedade mapuche.

guerra contra o exército chileno, que buscava anexar o território autônomo mapuche à República Chilena que se encontrava em formação. Katrilef teve que aceitar casar-se com um homem que não conhecia, já que as regras do seu *Ad Mapu* [5] indicavam que devia se casar com quem o pai escolhesse e participar do ritual do "sequestro", onde ela seria levada à força pelo marido e obrigada a manter relações sexuais no primeiro encontro. Se o marido demonstrava satisfação, poderia aceitá-la como esposa, senão poderia devolvê-la à família. Ser uma mulher "devolvida" nesse contexto cultural significava completo rechaço e preconceito social (HUINAO, 2015).

Graciela relata que, no seu processo criativo, ela evoca suas ancestrais, pois sente que todas essas mulheres a compõem atualmente em espírito. Existe um sentido de responsabilidade pelo conhecimento adquirido vinculado à linhagem ancestral, e através da tradição oral. Graciela é enfática ao afirmar que a sua maior motivação ao escrever é "[...] para que a história, os contos e os relatos orais do meu povo não morram comigo" (HUINAO, 2015, p. 3).

Ao apresentar sua obra mais recente, a autora fala sobre a relevância de investigar a memória familiar e visibilizar as experiências das mulheres mapuche que ficaram à margem da história oficial, escrita tanto pelos *winka* como pelos mapuche.

> "Creo que a mi ser femenino lo parieron con un compromiso moral, el cual consiste en testificar el casi invisible paso de las mujeres de mi pueblo en la literatura. Y no es que no hayan existido, el tiempo me ha enseñado que en todas las culturas el poderío masculino siempre ha sido más visible. [...] Ese es el motivo que me insta a forjar sus vidas, porque íntimamente las siento mujeres rebeldes y atrevidas". (HUINAO, 2015, p. 4)

Quando Graciela faz referência ao poder masculino dentro das culturas podemos estabelecer um vínculo com outras análises realizadas por mulheres

[5] Conjunto de leis que regem ao povo mapuche.

indígenas acerca da opressão de gênero dentro das suas comunidades. Como foi mencionado no primeiro capítulo, o conceito de "entronque patriarcal" (PAREDES, 2010) assume a existência de relações desiguais e hierárquicas nas sociedades indígenas, as quais se intensificaram com o processo de colonização. Graciela faz um chamado à autorreflexão reconhecendo que existiram práticas que objectificaram e invisibilizaram as mulheres mapuche em seus contextos históricos. Carla Llamunao (2016) comenta a obra de Graciela Huinao, destacando que:

> Sus textos han sido polémicos dentro del círculo literario y algunas comunidades, debido a que presenta una actitud de confrontación, no sólo con los winka, sino que también realiza cuestionamientos a la sociedad mapuche y las visiones tradicionalistas. (LLAMUNAO, 2016, p. 69)

A partir desse ponto de vista, a autora comenta que o relato de Graciela Huinao, tanto em forma quanto em conteúdo possui um caráter feminista, ainda que não tenha sido expressado explicitamente como tal.

> La acción de hablar y traspasar lo vivido de manera oral es un acto subversivo y transgresor, al igual que los cuestionamientos hacia el patriarcado impuesto. **El relato en tanto forma y contenido es de carácter feminista**. Constituye una denuncia y critica intercultural, que no lleva a generalizar, sino a mostrar relatos de la vida misma, tesoros entre mujeres. (LLAMUNAO, 2016, p. 78) [Grifos nossos].

Esta afirmação pode ser problematizada se tentamos encaixar categorias ocidentais nas produções artísticas das mulheres indígenas. Ao mesmo tempo, destaca-se a ênfase crítica que Graciela Huinao outorga às suas obras, principalmente a crítica que realiza em *Katrilef*, questionando as estritas regras que regiam o comportamento das mulheres e a obrigatoriedade do matrimônio arranjado pelos homens da família.

O trabalho de recuperação da memória ancestral também traz antecedentes de um cotidiano liderado por mulheres que deviam tomar decisões num contexto de guerra e vulnerabilidade.

> Los roles que cumplen las mujeres que aparecen en el texto se centran más allá de lo doméstico, poseen una finalidad reproductiva y realizan las actividades fundamentales para el sostenimiento de su comunidad. Lo anterior, en consecuencia del contexto de guerra entre mapuche y colonos/chilenos que estableció un nuevo escenario, en que las mujeres debieron reemplazar a los hombres que se encontraban luchando, parir hombres para la guerra, criar de manera solitaria en roles parentales, pero comunitaria entre mujeres (madres, abuelas, tías, otras mujeres de la comunidad). (LLAMUNAO, 2016, p. 75)

O sentido de responsabilidade que cada autora lhe outorga ao seu trabalho como escritora, está vinculado à linhagem ancestral que as constitui como mulheres mapuche, conscientes de um conhecimento herdado pela experiência dos ancestrais e que deve ser transmitido através dos recursos que cada uma tem acesso. Neste caso, a possibilidade de escrever, de ter um posicionamento enquanto poetas lhes dá a oportunidade de visibilizar as histórias que as antecederam.

Cabe ressaltar que desde a ótica de Patricia Hill Collins (2016), as intelectuais negras possuem ferramentas para dar a conhecer suas experiências, sendo consideradas fonte de conhecimento. Esta concepção nos permite pensar as escritoras mapuche como intelectuais que ocupam um lugar que permite o diálogo e dá visibilidade às experiências historicamente excluídas. Suas experiências são uma contribuição significativa à construção do conhecimento. Segundo Hill Collins:

> [...] A abordagem sugerida pela experiência das *outsiders within* [6], as forasteiras de dentro, é que as intelectuais aprendam a confiar

[6] Estrangeiras de dentro.

> nas suas próprias biografias pessoais e culturais como fontes significativas de conhecimento. (HILL COLLINS, 2016. p. 123)

Outras vozes femininas na obra de Graciela Huinao nos falam de sua constante tentativa de tirar as mulheres do esquecimento. Em *Desde el fogón de una casa de putas Williche* (2010), Graciela reivindica a existência das prostitutas na cultura mapuche, situadas num contexto de urbanização recente, onde os habitantes do território ancestral tinham sido deslocados e deviam conviver com os *winkas* e outros colonos alemães. Sobre suas motivações Graciela comenta que:

> [...] Estas mulheres sempre têm existido, não apenas na sociedade mapuche, milhares de anos atrás. Elas tinham algo a dizer, tinham algo para contar. Se eu não o contava, iriam morrer. (Entrevista de rádio no programa *Vuelan las plumas,* em arço de 2016)

Esta história começa a ser narrada a partir do ponto de vista do território, que descreve como se davam as dinâmicas entre pertencimento étnico e classe social:

> Esta querencia tiene por nombre Rawe y para que no digan que nació wacho[7], le pusieron un apellido: 'bajo'. Rawe bajo es la cuna de los williche-lakfenche; otrora agricultores y pescadores, hoy obreros en la ciudad. Sus manos dieron relieve al barrio que poblaron y para sobrevivir, al otro lado del río construyeron mansiones que nunca habitaron. (HUINAO, 2010, p. 13)

Na atualidade, a cidade continua se diferenciando de acordo aos nomes de Rahue "alto" e Rahue "baixo", a propósito da composição étnica e social dos seus habitantes, que antigamente foram deslocados do seu território e tiveram que migrar para os centros urbanos.

Na apresentação do livro, Graciela Huinao afirma estar consciente da complexidade do tema proposto, já que existiam poucos antecedentes

[7] *Wacho*: órfão.

históricos sobre a prostituição na cultura mapuche. Ela explica que "[...] em *mapudungun* o conceito de compra e venda de sexo, literalmente não existe e as palavras de substituição apenas se aproximam à realidade" (HUINAO, 2010, p. 9). Também expressa francamente as contradições que viveu no processo de escrita:

> En complicidad con mis personajes, mediamos por la dignidad, respeto y transparencia. No niego, como mujer williche, marcada a fuego por las religiones y escondida bajo el cinismo de los Credos, estuve a punto de flaquear. Sin miedo, parecían decirme las putas cuando me tembló la mano y me puse a llorar. Y creo que el pacto se cumplió con la última letra que escribí. (HUINAO, 2010, p. 8)

Os questionamentos sobre pecado e prostituição, e as constantes dúvidas sobre o dilema de mostrar uma realidade que durante muito tempo interpretou-se como tabu, demonstram a difícil tarefa que significa relatar a história de mulheres mapuche que estão distantes do imaginário colonial de submissão. A partir dos conflitos colocados por Graciela, é possível interpretar que a prostituição significou uma forma de dominação colonial dos corpos das mulheres indígenas como uma das limitadas opções para enfrentar a pobreza e a vida precária que as cidades em ascensão lhes oferecia. Também ilustra o confronto entre dois mundos diferentes — o indígena e o colonizador —, as suas continuidades apesar da invasão colonial e o compromisso da autora por relatar de maneira fiel à sua memória as histórias de suas ancestrais.

CAPÍTULO 3

"O OFÍCIO DE ESCREVER-SE": CONSTRUÇÃO DA SUBJETIVIDADE ATRAVÉS DA ESCRITA

Neste capítulo apresentaremos algumas abordagens sobre a escrita de si como uma forma de construção da subjetividade, em diálogo com a *Escrevivência*, analisando os limites entre a tradição escrita e a tradição oral. Analisaremos os elementos que constituem os processos de produção das subjetividades das mulheres poetas mapuche, enfatizando a importância do resgate do *mapudungun* como língua ancestral, as dinâmicas migratórias em relação ao território de origem e as possíveis leituras sobre o corpo.

Abordagens sobre a escrita de si

A escrita de si configura-se como um processo ligado à produção de subjetividades. Ao nos referirmos ao conceito de subjetividade, Claudia Chamorro (2014) explica que os processos de subjetivação possuem relação com os posicionamentos que os indivíduos vão tomando durante suas trajetórias a respeito das próprias experiências. Estes posicionamentos respondem a diversos fatores como contextos históricos, condições econômicas, e, em definitivo, às relações sociais.

Gloria Bonder (1999) menciona que não existe uma definição acabada de subjetividade, pois estamos nos referindo a um termo polissêmico, cuja definição dependerá da abordagem com que se utilize.

Nesse sentido, um aspecto a ser considerado é pensar nas mudanças da ideia de sujeito dependendo do contexto histórico. A abordagem filosófica presente no Iluminismo assentou as bases do que entendemos por sujeito ocidental: um sujeito racional, moral, com alcance universal. Uma posterior abordagem filosófica vai conceber ao sujeito descentrado, a mercê das condições sócio-históricas, linguísticas e do inconsciente, onde ressalta-se a condição social e histórica da existência humana. A abordagem pós-moderna do sujeito sugere que o questionamento primordial da filosofia já não deve ser mais "Quem sou eu?", senão "Desde qual lugar/local eu me enuncio?", quer dizer, desde qual posicionamento, localização o sujeito atua em determinado contexto.

Para falar sobre subjetividade nos remetemos aos estudos desenvolvidos por Michel Foucault que, apesar de ser vasta, focaremos nas práticas de si, entendidas como procedimentos que contribuem a determinar, manter ou transformar a identidade com algum fim específico a partir do conhecimento ou domínio de si.

Ainda que as práticas de si se refiram aos indivíduos, ressaltamos que estas obedecem ao seu contexto histórico e possuem repercussões sociais, já que as práticas de si implicavam a transformação do indivíduo. Margareth McLaren (2016) argumenta:

> As políticas do corpo e as práticas de si não começam e terminam com o indivíduo. Elas são sociais, culturais e históricas. Reconhecer técnicas de si como políticas não reduz a política ao pessoal ou impede a ação coletiva ou mudança estrutural. Ao contrário, amplia a arena política, para incluir fatores sociais e culturais que têm implicações também políticas. (MCLAREN, 2016, p. 191)

Marcadas nas estéticas da existência, diversas técnicas são analisadas por Foucault na cultura greco-romana durante dois primeiros séculos do Império, tais como anotações, registro de experiências espirituais, correspondências, meditações e livros da vida, constatando que o foco das práticas de si mesmo visavam a construção de um sujeito ético. A tradição da escrita estava relacionada com a preservação do já dito e da prática citacional:

> A escrita como exercício pessoal praticado por si e para si é uma arte da verdade contrastiva, ou mais precisamente uma maneira refletida de combinar a autoridade tradicional da coisa já dita com a singularidade da verdade que nela se afirma e a particularidade das circunstâncias que determinam o seu uso. (FOUCAULT, 1992, p. 131)

Destaca-se também que em todas as culturas é possível encontrar práticas do cuidado de si mesmo com fins de transformação social.

> Estas práticas (as práticas de si) podem ser encontradas em todas as culturas, mas são histórica e culturalmente específicas. [...] As práticas de si visam a transformação. Nossos autoentendimentos e identidades sempre se desenvolvem em contextos culturais e históricos, por isso a transformação de si implica uma crítica de condições e normas sociais históricas, bem como atuais. (MCLAREN, 2016, p. 198)

Outra abordagem das práticas de si é a *parrésia* ou o ato de falar a verdade, de falar francamente, apesar das consequências. O ato de dizer a própria verdade representava uma virtude política e uma virtude moral. As práticas de si pretendiam conseguir um fim e dizer a verdade contribuía para alcançá-lo. No contexto grego dizer a verdade era uma necessidade para a democracia, assim como dizer a verdade a um amigo que está à procura de orientação moral.

> A *parrésia* como uma prática de si compreende um importante aspecto da estética da existência. Para Foucault essa estética envolve considerações éticas e políticas, ela une a questão da produção da verdade à constituição do sujeito moral. (MCLAREN, 2016, p. 202)

Michel Foucault menciona que no contexto da Antiguidade, o exercício de dizer a verdade era apenas destinado para quem estivesse preparado para colocar em risco a si mesmo, disposto a que as relações com os seus interlocutores fossem desfeitas. É por isso que junto com dizer a verdade era necessária a coragem de levar adiante a prática da *parrésia* como prática de vida.

> Para que haja *parrésia*, o sujeito, ao dizer essa verdade que marca como sendo sua opinião, seu pensamento, sua crença, tem de assumir certo risco, risco que diz respeito à própria relação que ele tem com a pessoa a quem se dirige. Para que haja *parrésia* é preciso que, dizendo a verdade, se abra, se instaure e se enfrente o risco de ferir o outro, de irritá-lo, de deixá-lo com raiva e de suscitar de sua parte algumas condutas que podem ir a até a mais extrema violência. [...] De onde essa nova característica da *parrésia*: ela implica uma certa forma de coragem, coragem cuja forma mínima consiste em que o *parresiasta* se arrisque a desfazer, a deslindar essa relação com o outro que tornou possível precisamente seu discurso. (FOUCAULT, 2011. [2009], p. 12)

Destacamos, por exemplo, a ênfase que Graciela Huinao faz em relação a dizer a verdade sobre seu povo, quando escreveu *Desde el Fogón de una casa de putas wiilliche* (2010), protagonizada por prostitutas, e quando escreveu *Katrilef* (2015), obra que retrata o machismo dentro da cultura mapuche. Obras pelas quais foi duramente criticada e questionada, mas para a autora era essencial que essas histórias fossem contadas de maneira honesta apesar da rejeição e o incômodo que possam provocar na sociedade chilena e mapuche.

Podemos ressaltar a afirmação da poeta Rayen Kvyeh quando considera que o seu livro *PAZificación de la Araucanía* (2017) possui um caráter político, já que denuncia as injustiças que o povo mapuche vive. Da mesma maneira, Maribel Mora Curriao considera que as múltiplas identidades que a atravessam se politizam uma vez que ela ingressa ao meio acadêmico enquanto poeta mapuche. Vemos nestas escritoras uma forma de *parresiastas* contemporâneas do povo mapuche.

A importância das práticas de si é que, marcadas em seus contextos históricos e culturais específicos, significam práticas de liberdade, já que abrem novas possibilidades de existência, e de autoconstituição do sujeito. Margareth Rago (2011) traz uma análise que permite observar as trajetórias de mulheres a partir da autodeterminação. Mostrar as trajetórias femininas sem um tom de heroísmo, mas com dificuldades reais a serem enfrentadas para defender as escolhas de vida.

> Longe de relatos confessionais, essas narrativas de si não buscam uma revelação do que se oculta na consciência culpada, não visam a decifração de um eu supostamente alojado no coração, nem a autovalorização heroica de si mesmas; antes, questionam a força e os modos da linguagem estabelecida social e culturalmente, linguagem que tem o masculino branco como referência e norma. (RAGO, 2011, p. 152)

A noção de escrita de si, nos permite pensar no lugar da escrita na vida das mulheres, nos processos de subjetivação a partir do registro de suas vivências, seja em forma de poesia, romance ou relatos. Em muitos casos, a escrita torna-se uma prática fundamental na constituição da identidade destas mulheres escritoras. Nos fóruns da coletânea *Hilando en la memoria: siete mujeres mapuche* (2006) Graciela Huinao é consultada sobre a importância da escrita em sua vida, e ela afirma:

> Mi razón de ser. Es lo que me motiva a escribir. De ser mapuche, mujer, pobre y todo lo que implica esa carga en una sociedad arribista, clasista y discriminadora, como es la chilena. A la fecha es mi droga, vuelo ante la escritura de un poema. Llego hasta la tierra de mis antepasados, converso con ellos y luego se transforman en un poema o relato. Al leer, soy yo y mi poema, lo mismo que al escribirlo. Somos como "gemelas" no nos podemos desprender, hasta llegar al punto final. (HUINAO, 2006, p. 132)

É imprescindível ressaltar que a escrita de si faz parte das culturas com uma tradição escrita como forma de registrar a história, mas os processos de subjetivação apresentam-se de maneiras diversas quando nas culturas indígenas os registros do passado são possíveis a partir da tradição oral. Aqui nos deparamos com um dos limites da escrita de si, no sentido de que para as escritoras a prática da escrita está ligada a uma imposição institucional e em cujos relatos estão presentes os elementos da oralidade como fonte principal de recuperação da ancestralidade.

Nesse sentido, consideramos que no conceito de *Escrevivência,* acunhado pela escritora Conceição Evaristo, encontramos uma abertura às possibilidades da escrita, sendo o gesto, a fala, as situações cotidianas, a gênese da escrita das mulheres cujas trajetórias são atravessadas pelos marcadores coloniais de gênero, raça, etnia e classe social. Ela relata que as suas primeiras motivações relacionadas à potência criativa da escrita tem a ver com o seu convívio com outras mulheres e a necessidade de relatar suas histórias:

> Talvez o primeiro sinal gráfico, que me foi apresentado como escrita, tenha vindo de um gesto antigo de minha mãe. Ancestral, quem sabe? Pois de quem ela teria herdado aquele ensinamento, a não ser dos seus, os mais antigos ainda? (EVARISTO, 2007, p. 16)

Processos criativos vinculados à tradição oral não necessariamente possuem relação com o conhecimento institucionalizado e formal. A potência criativa das mulheres que escrevem, mulheres mapuche, mulheres negras, possuem relação com as experiências vinculadas à tradição oral, ao convívio com os saberes tradicionais, aos relatos orais que permaneceram através das gerações.

> É preciso comprometer a vida com a escrita ou é o inverso?, comprometer a escrita com a vida? [...] Creio que a gênese da minha escrita está no acúmulo de tudo que ouvi na minha infância. O acúmulo das palavras, das histórias que habitavam em nossa casa e adjacências. (EVARISTO, 2007, p. 16)

A escritora chicana Glória Anzaldúa afirma "[...] eles mentiram, não existe separação entre vida e escrita" (p. 233). Em "Falando em línguas: uma carta para as mulheres do terceiro mundo" (2000[1981]) a autora aborda a importância das mulheres excluídas criarem narrativas sobre si mesmas, afirmando que a sua motivação é reescrever as histórias mal contadas. Apesar das dificuldades, escrever tornou-se um aspecto constitutivo de sua identidade.

> Escrever é perigoso porque temos medo do que a escrita revela: os medos, as raivas, a força de uma mulher sob uma opressão tripla ou quádrupla. Porém neste ato reside nossa sobrevivência, porque uma mulher que escreve tem poder. E uma mulher com poder é temida. (ANZALDÚA, op. cit., p. 234)

A escrita de si de Gloria Anzaldúa expressa novas possibilidades de formas de vida, trajetórias dissidentes diante das imagens controladoras projetadas sobre as mulheres mestiças, migrantes, indígenas e chicanas. As narrativas do eu procuram desestabilizar identidades fixas e as tornam complexas e dinâmicas.

> Como foi que me atrevi a tornar-me escritora enquanto me agachava nas plantações de tomate, curvando-me sob o sol escaldante, entorpecida numa letargia animal pelo calor, mãos inchadas e calejadas, inadequadas para segurar a pena? Como é difícil para nós pensar que podemos escolher tornar-nos escritoras, muito mais sentir e acreditar que podemos! (ANZALDÚA, op. cit., p. 230)

Se pensamos nas trajetórias das escritoras mapuche, entendemos que existe um potencial criativo no processo de criar condições para dedicar a vida ao ofício de escrever, adquirindo maior relevância dado o engajamento político dos trabalhos realizados em suas diversas áreas de atuação. Situadas distantes de qualquer romanticismo: Quem ousaria hoje viver e se dedicar completamente à escrita, à difusão, à preservação, da cultura mapuche através da arte?

Descobrir-se poeta

Para compreender os processos de construção das subjetividades cabe nos perguntar como foram os processos pessoais de reconhecimento enquanto escritoras ou poetas, mas antes tornam-se primordiais os questionamentos vinculados à afirmação identitária, considerando que estamos abordando as trajetórias de escritoras mapuche, onde os marcadores de gênero e pertencimento étnico que se entrecruzam. É relevante mencionar que existem processos anteriores ao de "descobrir-se poeta" e são os vinculados à identificação enquanto mulheres mapuche, processo que, em diversas circunstâncias é desencadeado a partir da violência.

Ao olhar esse processo compreendemos que eles estão cheios de complexidades e que nem sempre respondem às expectativas que são impostas através dos imaginários sociais, das imagens controladoras (HILL COLLINS, 1990). Categorias como "mulheres", "mapuche" e "escritoras" estão atravessadas por matrizes de opressão sexistas e racistas que tem por objetivo controlar subjetividades como parte de um projeto de modernidade imposto na colonização europeia.

Sabemos que estas mulheres não são apenas mulheres que escrevem, mas que dentro da lógica da colonialidade elas, e todas as que as antecederam, encontram-se numa disputa constante pela possibilidade de enunciação (SPIVAK, 1985). Quer dizer, para que suas narrativas sejam consideradas legítimas, visíveis, verdadeiras. Assim, não é uma disputa apenas no plano discursivo como também nos lugares que elas ocupam nos seus diversos campos de atuação: na literatura, na academia, no mercado editorial, em relação ao território, na distância ou proximidade dos centros de produção de conhecimento e cultura, na diáspora urbana, no território ancestral. Uma infinidade de espaços que exigem autoafirmação.

Nos relatos das escritoras sobre a inserção escolar, o deslocamento forçado ou a migração do território, observamos que o racismo funciona como uma tecnologia que interpela os sujeitos através da violência e revela uma condição particular ou diferencial. Graciela Huinao relata episódios ocorridos na escola quando era tratada de *índia* mesmo sem entender o significado dessas agressões:

> Cuando era pequeña, mi mundo era lo mapuche, pero fui a la escuela y me dijeron india — tenía como seis años —, fue como que me dieran con un palo en la cabeza, porque la encontré tan fea y llegué a mi casa llorando. Le conté a mi papá, y afortunadamente él era mucho de conversar, entonces me sentó y me dijo: "tú no eres india, porque los indios están en la India, tú eres mapuche, naciste y te vas a morir mapuche". (HUINAO apud ANDAUR, 2012, p. 147)

Neste caso, destacamos a relevância do contexto familiar que a acolheu e protegeu de uma realidade racista. A família representa os "lugares seguros" (HILL COLLINS, 1990) para a afirmação identitária desde a valorização. Ao mesmo tempo existe uma distinção entre a consciência pessoal afirmativa, que pode vir da família, da comunidade ou do entorno mais próximo, e a consciência coletiva de que se pertence à um grupo tido socialmente como subalterno. Claudia Chamorro (2014), se referindo às vivências de Graciela Huinao, reflete:

> Si bien estas circunstancias en los primeros años de formación de Graciela Huinao en el ámbito familiar, fueron identificadas por ella como favorables, por el contrario, en el contexto escolar, sus expectativas, capacidades y oportunidades, se vieron socavadas por su posición estructural en tanto mujer mapuche, experimentando de manera directa las consecuencias de la discriminación. (CHAMORRO, 2014, p. 208)

Instituições como a escola funcionam como veículos de transmissão e manutenção do racismo. Contraditoriamente, apesar de possuir um papel que impõe o desenvolvimento de uma cultura em detrimento da outra, no caso, da ocidental em detrimento da mapuche, é a instituição que outorga as ferramentas necessárias para que posteriormente as autoras desenvolvam seus trabalhos enquanto escritoras.

Sobre o racismo na escola, Rayen Kvyeh relata casos de castigos físicos pelo simples fato das crianças se comunicarem em *mapudungun* e não em espanhol durante as aulas. A proibição do *mapudungun* através de castigos físicos faz parte do projeto colonial, onde impõe-se o espanhol como língua oficial, isto associado também à forte presença das missões religiosas nos setores rurais, que se expandiram no território a partir da construção de escolas e igrejas.

> [...] Porque tu sabes que hay internados de la iglesia católica en territorios donde hay mayoría población mapuche. Está la escuela Guacolda por ejemplo, en Chol Chol. En Imperial hay un internado, y son internados donde primero se les quitaba a los niños la vestimenta, después las costumbres, después las creencias, el idioma. Entonces es todo un proceso de asimilación a la otra cultura. En todo apecto. (Entrevista 27/12/2017)

Maribel Mora relata que na sua infância a família cumpriu um papel importante na hora de estimular seu potencial criativo e a sua curiosidade desde cedo. Dentro de um contexto de pobreza, mas protegido e resguardado pelos cuidados dos avós, e de maneira similar com os outros relatos, o enfrentamento com os cenários discriminatórios se deram uma vez fora desses contextos de proteção.

> Me crié con mucha libertad, o sea dentro de la pobreza que había en mi familia siempre nos trataron de resguardar mucho. La escuela era lo fundamental, había que responder, nos enseñaron la responsabilidad, pero además, con una libertad de hacer cosas que no eran propias ni de mi clase social, ni del lugar de donde venía. (Entrevista 19/03/2018)

A escritora afirma que o seu ingresso no âmbito acadêmico enquanto estudante de mestrado significou um processo violento no qual era constantemente questionada a respeito de se considerar poeta e mapuche.

> [...] Creo que muchas de las cosas que escribo y hago ahora, que son más ligadas a lo mapuche que cuando estaba allá mismo [en Freire] tienen que ver con que cuando uno sale, te ves en un lugar otro, necesitas identificarte, los temas de identidad se problematizan. (Entrevista 06/04/2018)

O choque maior foi perceber a distância que existe entre as discussões da academia e a realidade que se vivencia fora dela. Ela comenta que "[...] foi violento sentir que era um mundo tão distante da realidade do país" [1]. Sobre o começo da sua experiência em Santiago ela sente que todas as marcas sociais se tornam evidentes nesse novo contexto.

> [...] Venirme acá a estudiar a un espacio donde todas esas realidades se me cruzaban en ese momento, las que yo había vivido, más las que había conocido de estos otros mundos de la marginalidad más bruta — que era la que yo había vivido —, más terrible también y más dolorosa. Venirme con toda esa carga acá a estudiar, con este sueño también de que lo que yo estudie en algún momento pueda servirle a otros. (Entrevista 06/04/2018)

Na trajetória de Graciela Huinao é possível identificar momentos determinantes na construção da sua subjetividade, por exemplo em relação a assumir os seus escritos como poesia — e não apenas como rascunhos —, assim como o processo que a levou a se afirmar enquanto escritora, abrindo possibilidades para dedicar-se exclusivamente à sua labor como poeta no futuro. O seu relato traz vários elementos destacáveis como a ideia de um destino determinado pela segregação social à raiz da sua origem étnica e os desafios de ser a primeira mulher mapuche a trilhar um caminho voltado para a criação literária.

> Cuando era niña yo decía que escribía un poema, pero no tenía idea lo que eso era. Ya de grande, no me atrevía a decir que lo que escribía era poesía, o estaba catalogado dentro de una determinada

[1] Entrevista 06/04/2018. Tradução da nossa.

> cultura, porque uno viene con ese complejo de que uno era mapuche, y que para lo único que servía era para estar trabajando en una casa de barrio alto, y eso era lo que hasta esa fecha hacían las mujeres de mi pueblo que se venían a trabajar a Santiago en el barrio alto, como lo hice yo al principio. En ese momento, me costaba decir que lo que estaba haciendo era poesía; alguien me lo dijo y me atreví a publicarla, y con la suerte que a alguien le gustó. Fue la madre de la dueña de la casa donde yo trabajaba, quien me pidió si podía ver lo que yo escribía en cuadernito. Me dijo: 'Graciela, esto es un poema y me gusta mucho como usted escribe'. Así que ahí me motivó que a una persona educada le gustara lo que yo venía haciendo. Mandé un poema a un diario que se reparte en el barrio alto, y en vez de demorarse los dos o tres meses que me dijeron se demoraban en salir, al mes llega la dueña de la casa y me entrega un regalo. Yo lo guardé pensando que era un chocolate, pero en la noche lo revisé y casi me voy de espalda, era mi poema, que había sido publicado y ella me lo había enmarcado. El año 1987 publiqué "La Loika" y de ahí en adelante comencé a publicar; no paré más. (HUINAO apud ANDAUR, 2012, p. 143)

Graciela decidiu trabalhar como empregada doméstica nos bairros ricos de Santiago, ao perceber que o seu salário seria melhor do que recebia trabalhando como secretária. Isso permitiu que no ano 1989 ela conseguisse realizar a sua primeira publicação chamada *La loika*. Assim, ela cumpriria com o destino de tantas outras mulheres mapuche que migraram para a capital para trabalhar como empregadas domésticas, mas posteriormente, com a possibilidade de uma grande reviravolta: dedicar-se exclusivamente ao seu trabalho como escritora.

> Tal como recordó la poeta [...], al mencionar que su desplazamiento y arribo a la capital, se constituyó en cierto sentido en arquetípico, puesto que encarnaba la trayectoria de muchas otras mujeres mapuche que llegaron a Santiago a trabajar [como empleada doméstica]. (CHAMORRO, 2014, p. 212)

Os textos autobiográficos trazem antecedentes que contribuem para pensar como as mulheres relatam suas experiências, fazendo parte do processo da construção das subjetividades. É o que vemos nas obras de *Perrimontún* de Maribel Mora Curriao, no poema *Simulacro de Biografia* de Graciela Huinao e no poema *Abuela Luna* de Rayen Kvyeh (ambos apresentados no capítulo 2). Nem todas estas obras são explicitamente autobiográficas, mas revelam questões relevantes sobre o imaginário que habita em suas memórias familiares.

Na poesia de Maribel Mora aparecem alguns elementos importantes sobre sua trajetória pessoal como os sonhos (*Pewma*) e premonições (*Perrimontun*) como elementos presentes na sua trajetória pessoal e familiar e que podem ser reconhecidos na sua escrita. Sobre a o conceito de *Perrimontun* ela explica:

> El sentido de fondo era esta misma idea de premonición, de ruptura, de cambio. A ver, el *Perrimontun* es en la cultura mapuche un suceso, una vivencia en la que uno sabe, la persona que vive eso, una vivencia extraordinaria, sobrenatural, mágica, y que la persona sabe que algo va a cambiar en su vida de ahí en adelante. Eso es un *Perrimontun.* (Entrevista 06/04/2018)

Ditos elementos significam uma via de comunicação entre o mundo espiritual, intangível e o mundo terreno. Para Mabel García (2006), a introdução dos sonhos *(pewma)* na literatura mapuche possui implicâncias políticas ao pensar a criação literária como um ato de resistência cultural. Podemos associar a presença de elementos da cultura mapuche na escrita das mulheres como um processo de recuperação e valorização da tradição, buscando se diferenciar da cultura *winka* [2], demonstrando assim que a cultura mapuche é uma cultura viva, que está presente no cotidiano das escritoras.

---

[2] Estrangeira, chilena.

Perrimontun

Bebí la angustia de la tierra
Lentamente,
hundí mi savia en el azul
y mi impulso fue sangre.
Mi vos oculta entre malezas
se perdió entre laderas y valles.

La luna que de niña saludaba
vino a besar anhelos
que se deshacían en la nada.

Hija mía — me dijo —
no brotes de crepúsculos,
cubrirán tus huesos las flores del alba.
Parirán tus sueños.

No temas a las horas marcadas,
tu signo no es de muertos,
brotaste con las lluvias
anhelante
tu paso alumbrará la noche
y tu huella será el camino.

Hija mía,
el grito de la aurora abrió tus ojos
y te abandoné en el valle,
pero guardo los sueños
que de niña sembraste.
No temas,
ya brotan de tus manos,
parirán ahora las flores del alba. (MORA, 2014, p. 91)

Na entrevista Maribel nos explica alguns detalhes sobre o contexto em que surgiu a escrita do poema *Perrimontun*, comentando que tomar decisões a partir dos sonhos e suas interpretações é uma forma comum dentro da cultura mapuche com a qual cresceu.

> [...] Y lo escribí, así como, yo creo que ha sido el único poema que yo he escrito de principio a fin, de arriba abajo de una vez. Fue como que me desperté de un sueño a media tarde. Recuerdo claramente, era un día de verano, a media tarde yo estaba en mi casa, sola. Desperté y escribí ese poema. Porque era como la sensación que tenía del sueño, y ese poema quedó. Y es un poema que no retoqué con el paso del tiempo. Y yo sabía que eso era como una especie de sueño, de ensoñación, pero al mismo tiempo en ese mismo poema que fue como una anticipación a una serie de sucesos que ocurrieron en mi familia, que fueron difíciles. Entonces ese *perrimontun* en el fondo fue el momento previo al cambio. (Entrevista 06/04/2018)

Este acontecimento marcou o começo de um processo de mudanças em sua vida, como doenças e conflitos familiares, nos quais a poesia possui um lugar relevante na hora de registrar as suas experiências.

Em qual língua nos escrevemos?

Ao ser consultada pelo seu processo criativo, Maribel Mora Curriao questiona: "Em qual língua nos dizemos para escrever?". Esta pergunta torna-se relevante na sua obra, pois ela faz questão de escrever principalmente em espanhol tentando denunciar o fato de não ter tido acesso a aprender a sua língua ancestral, o *mapudungun:*

> [...] yo por ahora, en abierta declaración de rebeldía he decidido no hablar ni escribir en mapudungun. Por qué? Porque si me lo preguntan, así puedo decir que pasa en realidad con esta lengua. (MORA, 2006. p. 139).

Sobre a situação atual do *mapudungun* ela explica:

> En realidad no te preguntan, en realidad te exigen... "pero por qué no escribes en mapudungun si eres mapuche?, si te dices mapuche". Entonces yo decía en ese 'por qué' uno tiene la posibilidad de decir 'por qué no', porque hay una larga historia de discriminación, de

> represión en contra de las expresiones mapuche, porque hubo castigo en relación a esa expresión, y hubo por lo tanto dos o tres generaciones que tuvieron que dejar de hablar la lengua propia para poder insertarse en la sociedad chilena. Y eso no es un tema menor. Es un tema que en términos de Derechos Humanos es terrible. O sea, es reprochable desde todo punto de vista. Una de las cosas que dice claramente la Declaración de Derechos Humanos que todos tenemos el derecho a educarnos en nuestras culturas. Y ese es un derecho que se nos ha quitado a los pueblos indígenas. (Entrevista 06/04/2018)

A ausência da escrita em *mapudungun* em sua obra é uma forma de denúncia da privação que as gerações mapuche tiveram de aprender a própria língua. Maribel reconhece que tem sido um processo doloroso para as gerações dos seus pais e avós que, com a intenção de proteger as novas gerações dos castigos e discriminação tanto nas escolas como nas cidades, decidiram não falar *mapudungun* e evitar qualquer tipo de contato com a língua.

> A nosotros nos quisieron ahorrar un sufrimiento en la escuela y se guardaron la lengua para las conversaciones de adultos. [...] Me interesa dejar constancia de la situación real de cientos de miles de mapuche que no conocen nada de su lengua. [...] Yo tuve la suerte de conocerla a retazos, hilachas de una lengua que — como dice Huenún — lucha por no desaparecer. (MORA, 2006, p. 147)

Maribel iniciou um processo de resgate da língua já no começo do período da graduação, onde comenta que — de maneira paradoxal — na Universidad de la Frontera as aulas de *mapudungun* eram ministradas por um professor norte-americano. Além disso, existe uma constante exigência no meio literário dos poetas mapuche se expressarem em *mapudungun*, inclusive questionando a legitimidade do seu pertencimento étnico baseado no domínio da língua. Estas expectativas impostas socialmente revelam como a ideia de "poesia mapuche" está carregada de pressuposições tanto na forma (língua), quanto no conteúdo (mulheres como responsáveis de preservar a cultura).

A língua, ou o domínio desta, faz parte dos elementos que constituem a identidade cultural de um povo, mas os questionamentos da autora nos levam a refletir sobre como as gerações que foram privadas da língua constroem a sua identidade mapuche. São os efeitos que o apagamento de uma cultura provoca na subjetividade do povo mapuche. Maribel comenta:

> Yo creo que en la Universidad de La Frontera (en Temuco, Wallmapu) esa cosa tan mapuchista, igual me hacía como alejarme porque me sentía rechazada en ese espacio, no parecía tan mapuche, no hablaba mapudungun, mi primer apellido es Mora, entonces eran como varios elementos que me sacaban de ese fundamentalismo que se generó en esa instancia. Eso me hacía meterme en una cosa como mucho más emocional, sin muchas claridades, con el tiempo y sobre todo acá (en Santiago), adquirí muchas más claridad respecto a por qué, por qué esa pelea, por qué esa poesía, por qué ese movimiento, y los hijos igual ayudan, los hijos igual te preguntan, los hijos igual se asustan. (MORA apud CHAMORRO, 2014, p. 235)

Território e migração: trajetórias marcadas pelo deslocamento

Um dos aspectos que consideramos em comum nas trajetórias de vida das escritoras estudadas nesta pesquisa é a necessidade de migrar do território de origem, seja forçada, como o caso do exílio, seja motivada pela pobreza ou pela falta de oportunidades. O deslocamento do território é um denominador comum nas trajetórias do povo mapuche, com dinâmicas históricas e geracionais que se reproduzem até os dias atuais.

Enrique Antileo (2015) descreve o panorama atual das dinâmicas de migração através da análise de algumas estatísticas de distribuição populacional. Destacamos que os dados retratam uma população indígena que migra principalmente para a capital do país, que reside em setores periféricos e as que moram ou transitam pelos bairros nobres dedicam-se ao trabalho doméstico, principalmente as mulheres. Outro elemento descritivo relevante é que as regiões mais pobres do país, como a Região de La Araucanía e Região de Los Ríos são onde mora a maior população mapuche do país, considerando que este território corresponde ao território ancestral ou *Wallmapu.* Esta dinâmica obedece a uma lógica colonial de despojo e desapropriação do território que obriga a população mapuche a migrar por falta de oportunidades e principalmente pela pobreza (Instituto Nacional de Estadísticas INE; Ministerio de Planificación MIDEPLAN. *Estadísticas sociales de pueblos indígenas.* Censo 2002. Santiago: INE-MIDEPLAN, 2005).

> Esta perspectiva se inscribe en la posibilidad de entender el contexto de la diáspora mapuche en Santiago como continuidad colonial respecto de los procesos de despojo y desposesión de la sociedad mapuche. Y, directamente imbricado a lo anterior, plantear una reflexión sobre formas de racismo articuladas a la vigencia y reformulación de la situación colonial en Chile. (ANTILEO, 2015, p. 73)

O centralismo aqui pode ser interpretado também como uma herança colonial que opera privilegiando o centro ou a capital do país com recursos, produção, administração em detrimento das regiões mais distantes, algumas inclusive sem presença alguma das instituições. Existe também uma configuração racial das dinâmicas migratórias, entendendo este processo como de longa data e que distribuiu os corpos racializados, neste caso, os indígenas nas periferias das grandes cidades para fazer parte da mão de obra precarizada. É o que se define como trabalho racializado, cujos exemplos podem ser as mulheres mapuche trabalhando como empregadas domésticas e os homens na produção de pães.

> En lugar de proponer que raza se origina en uno u otro lugar, en uno u otro momento histórico, propongo analizar la capacidad articuladora del concepto: su potencial camaleónico, su capacidad de prenderse de instituciones, sensaciones y sentimientos anteriores, simultáneamente adquiriendo y renovando sus significados y

> articulando diálogos (y disputas de poder) local y trans-localmente. (DE LA CADENA apud ANTILEO, 2015, p. 89)

A respeito das trajetórias das escritoras, observamos que no caso de Rayen Kvyeh o exílio significou começar um processo de identificação com o povo mapuche que a levou a escrever os seus primeiros livros de poemas.

Sobre as experiência migratória de Graciela Huinao, ela retrata em seu poema "Simulacro de Biografía":

> [...] A puerta cerrada me encontró la adolescencia. Donde el sol, al entibiar mi casa, por las ventanas asomaba un aroma a bosque en flor. Pero un día, del año 77, el norte se divisaba negro y cayó como quién dice del cielo. Entró en mi casa, por la puerta que más duele y cuando se le hizo pequeña mi casa, salió a las calles donde yo arrancaba dejando de par en par las puertas abiertas de mi ciudad, por la razón más desbocada que persigue a todo animal: El hambre.
>
> Después de tanta miseria y antes que se le apolille el terno de salida, mi padre se peleó con la vida, no se defendió. Llevó su sombrero café para que la compañera de infancia lo reconociera y un ramo de flores blancas por los ocho años de espera. Sé que juntos me miran cuando escribo algún poema.
>
> Ahora, por la esquina de mi vida el tiempo pasa severo, en un barrio marginal de Santiago y todos los días echo a cuestas mis raíces mientras mis ojos acarician la distancia entre yo y mi amante que no he podido dejar ni olvidar: EL SUR (HUINAO, G. 2009, p. 14)

Neste fragmento, observamos que diante da morte dos pais e da falta de condições de sobrevivência, ela teve que ir trabalhar em Santiago como empregada doméstica, morando num bairro da periferia. Também o vínculo com o território de origem se apresenta como um lugar de apego, afetividade, de memória familiar. Em definitiva, quando ela diz "[...] todos los días echo a cuestas mis raíces" realiza um exercício constante de se identificar com "o sul" como seu lugar de afeto no mundo.

O desenraizamento é um sentimento constante na vida de Maribel Mora, quem assume a sua condição de migrante na construção das personagens na sua obra, e na própria trajetória de vida. Durante a entrevista ela conta a história de êxodo da sua família, que passaram por diversos lugares até se estabelecer na cidade de Freire, a poucos quilômetros de Temuco, capital da região de *La Araucanía.* No poema *Malos sueños/Weza Pewma* (2014) ela conta parte da travessia dos seus antepassados.

> Con la marca de los despreciados o los elegidos, que para el caso da igual, crecí bajo el designio de mi sangre. Mi abuelo, Manuel Curriao, me acogió en su casa y vertió en mi espíritu el tormento de las estirpes que luchan ferozmente por no extinguirse.
>
> Su madre, Margarita, se vio alejada tempranamente de las tierras del Pehuén. Con los hijos vivos a cuestas y a cargo de un patrón de fundo, emprendió el éxodo hacia La Frontera. "Dormíamos sobre la viruta de la madera, en una bodega, cubiertos con unos sacos...", dice mi abuelo y se le llenan sus ojos de recuerdos. Yo evoco con ternura los relatos que de niños nos prodigiaba a mi y a mis hermanos, mientras curtía y cortaba cuero para la confección de riendas que le encargaban de fundos vecinos.
>
> Su recuerdo pehuenche inundó mi infancia. Desfilaban ante mis ojos los personajes de sus cuentos: vilu, ñirre, pangui, a diestra y siniestra vocablos del mapudungun, su lengua que precariamente nos entregaba.
>
> [...]
>
> Mucha vida ha pasado ya por sus manos, pero la soledad de las montañas se ha negado a abandonarlo.
>
> Nieve y fuego han sido sus pasos por estos alejados valles. (MORA, M. 2014, p. 38)

Em entrevista, Maribel conta que cresceu escutando os relatos de outras paisagens e outros lugares da cordilheira. Ela acessou a memória da migração da família através dos relatos de seus avós, mesmo sem nunca ter conhecido esses lugares.

> Yo creo que el desarraigo es uno de mis signos, porque como me crié por un lado en un pueblo muy alejado en el territorio de origen de mi abuelo y de mi abuela, pero sin embargo, vivía en la memoria de ellos. Entonces yo sé mucho más de la montaña casi que del pueblo donde vivía. Es como vivir en otra realidad paralela. Que igual era como vivir en un cuento en el fondo, creo que me crié, por eso puedo escribir poesía, me crié en una vida muy de cuentos, de relatos, que me contaba mi abuelo. Estaba este mundo real que yo piso y hago mis tareas y todo cuando era niña. Y por otro lado estas historias que me contaba mi abuelo de araucarias y piñones, y nieve, que eran elementos que yo no tenía a la mano donde vivía y que sin embargo los conocía. Y los sentía como si yo lo hubiese vivido también. Entonces esta sensación de estar permanentemente en un lugar al que no pertenezco. (Entrevista 06/04/2018)

Anos depois Maribel resolveu sair de sua cidade para fazer faculdade em Temuco e finalmente se mudou para Santiago com o objetivo de cursar o mestrado em Literatura na Universidade do Chile.

> Nunca pensé quedarme en un solo lugar y llevaba demasiados años allí. Pero necesitaba una razón para salir, una razón que me moviera. Y postulé a una beca para estudiar en el magister. Postulé a la beca Ford y me gané a beca después de un largo proceso, asi que era la señal de que me podía ir. (Entrevista 06/04/2018)

O ingresso no ambiente acadêmico numa cidade distante significou a afirmação identitária de Maribel, ela afirma que suas atividades em Santiago estão mais ligadas ao universo mapuche do que quando morava no sul. A questão identitária é problematizada na distância e em contextos elitizados como a academia, onde ela afirma se encontrar num processo de autoafirmação constante enquanto poeta, pesquisadora e mulher mapuche.

Corpo e território

A partir das leituras e análises das obras das escritoras apresentadas nesta pesquisa consideramos que tanto corpo como território são eixos que atravessam os processos de construção das subjetividades e se expressam nas suas obras. Existem diversas visões que contribuem para pensar o corpo na poesia escrita por mulheres mapuche.

Em primeira instância Elvira Rodríguez (2014, p. 92) estabelece que o corpo funciona como um articulador da identidade, e que é através dele que as autoras estabelecem um vínculo com os leitores a partir das experiências apresentadas na poesia. A autora afirma que "[...] é na materialidade do corpo, da pele, que as autoras selecionadas [mapuche] encontram um suporte para entrar em diálogo com o leitor" [3]. Assim, ela abre uma série de interrogativas acerca do corpo, começando por nos perguntar: Onde está o corpo das mulheres indígenas na cultura? De acordo com a autora, consideramos que o corpo feminino mapuche tem sido invisibilizado e desumanizado pela cultura hegemônica, com raízes no processo colonial. A marginalização dos corpos implica em uma forma de controle social, já que muitas delas encontram-se integrando a imensa força de trabalho reprodutivo realizado nas casas das famílias chilenas de classe média. Os corpos indígenas conformam a força de trabalho precarizado nas cidades.

A presença do corpo feminino nos escritos das autoras configura-se como uma nova dinâmica de auto representação, significa uma nova forma de humanizar o corpo objetificado do indígena que tem sido representado pela visão do colonizador.

Em diálogo com Sonia Montecino (1984), as referências sobre corpo são pautadas pela oralidade, resgatadas através da memória e dos relatos das gerações anteriores de mulheres. A criação poética permite recriar

[3] Tradução da nossa.

novas referências sobre o corpo feminino mapuche, ou seja, através da escrita podem ser criadas formas de autorrepresentação.

> Los relatos van escribiendo la corporeidad de un transcurso en que las mujeres mapuches 'habladas' por sus antepasados, reviven el drama de la subalternidad y de la vida cotidiana, el peligro de su condición. **Las mujeres dejan de ser habladas y comienzan a ser auto-representadas.** (RODRÍGUEZ apud MONTECINO, 2014, p. 100) [Grifos nossos]

A escrita sobre o território apresenta-se em um vínculo estreito com o corpo. Seja fazendo parte da experiência das escritoras ou parte da memória, como afirma Maribel Mora, quem escreve sobre a vida na cordilheira sem nunca ter morado nesse lugar, mas como um lugar presente nos relatos familiares, com ares de nostalgia.

Cabe nos perguntar qual a importância do território para o povo mapuche. Encontramos na cosmovisão e no *Rakizuam* [4] mapuche alguns elementos que auxiliam nesta compreensão. Sabemos que desde a cosmovisão mapuche no território integram-se formas de vida naturais e espirituais, as quais devem ser protegidas e respeitadas. Na dimensão do "ser" mapuche o território é constitutivo e tudo o que nele habita. Lembrando que *Mapudungun Mapu* significa "Terra" e *Che* significa "Ser", então *Mapuche* é "Gente da Terra".

Dentro desta concepção, o ser mapuche está integrado pelo *Kvpan/ Kvpalme* e pelo *Tuwvn*. O *Kvpalme* faz referência à linhagem familiar e o *Tuwvn* corresponde à identidade territorial. Esses dois elementos interrelacionados fazem parte das dimensões identitárias do ser mapuche, assim como o território outorga características aos grupos familiares. Eduardo Vidal (2017) comenta que para que a pessoa possa conhecer a si mesma, deve conhecer a história de sua família, que está ligada ao território de origem.

[4] Pensamento.

> Si la interrelación entre las personas y el ambiente es fundamental, y esta constatación es un principio del conocimiento mapuche, entonces es un deber en conservar un equilibrio entre los humanos, y entre éstos y el mundo. Se impone, entonces, el cuidado de la Tierra y una permanente cautela en las relaciones con ella. [...] El vínculo entre las personas, y entre éstas y el mundo no es una abstracción. Es un nexo que se manifiesta cotidianamente y que debe cuidarse permanentemente. En consecuencia, el territorio de origen y los espacios circundantes tienen una importancia crucial. En ellos se establecen las familias extendidas y la comunidad, por lo que la identidad se cimienta en las características físicas y espirituales del lugar. (VIDAL; CALFUQUEO; ANCAN, 2017, p. 104)

Compreendemos que o vínculo com o território possui relação com a cosmovisão, e, portanto, é um vínculo político. A defesa pelo território está relacionada com a luta pela criação de formas de vida que respeitem a *Mapuche Mongen* (forma de vida Mapuche), com condições que permitam o *Küme Felen* (bem estar integral) da comunidade. Em relação ao território e à literatura como um instrumento político, Graciela Huinao considera que ambos são indissociáveis:

> Literatura, movimiento y demanda, van juntas, porque el territorio es fundamental, no es un pedazo. Hay tierra, árboles, ríos, espíritus, piedras...que también tienen su espíritu, todo. Yo siempre digo — soy una *terrorista* de la literatura, si me quieren considerar terrorista está bien, pero con apellido — terrorista literaria, porque yo aprendí a defender con esto y a luchar con esto, a atacar, como un arma mortal, como quien empuña un sable, una pistola, yo empuño los versos y esto es mucho más letal, porque ataca directo acá (indica su cabeza). Y esto es nuevo, y desde aquí se tienen que empezar a matar esas células de discriminación. (CHAMORRO, 2014, p. 231)

Nesse texto abordamos os caminhos pelos quais as mulheres mapuche criam condições para se dedicar à escrita de maneira exclusiva. A escrita possui um papel fundamental em suas vidas, sendo um recurso essencial na hora de registrar os processos vividos, principalmente em uma linguagem poética. Para além dos processos pessoais, há uma dimensão da história do povo mapuche a ser preservada, mesmo com todas as contradições que implica, segundo Maribel Mora, estar e habitar nas duas culturas — *wingka*/estrangeira e mapuche.

Foi possível também criar alguns lugares de encontro com as escritoras considerando o meu papel como pesquisadora, e como mulher, que está à procura de gerar condições para o desenvolvimento da escrita e da pesquisa. Estes pontos de encontro permitem uma aproximação com as trajetórias das mulheres e potencializam a importância de visibilizar as suas obras e trajetórias, as quais se encontram numa luta cotidiana para não ter seus talentos negados, já que escrever tornou-se uma atividade vital. As escritoras mapuche lutam, desde diversas frentes, para ter seus trabalhos valorizados e reconhecidos. Desde o âmbito acadêmico como diretora da Oficina de Equidad e Inclusión da Universidad de Chile, Maribel Mora considera a arte um elemento essencial para o bem-estar dos seus estudantes; Graciela Huinao dedica-se a facilitar oficinas em escolas e bibliotecas públicas cujo objetivo é preservar a cultura mapuche e ensinar sobre ela às gerações mais novas. Seu trabalho dentro da Academia Chilena de la Lengua visa recuperar e valorizar o uso do *mapudungun* como uma língua a ser considerada na literatura e no âmbito educacional. A presença de Graciela nesta instituição desafia o cânone literário, sendo elitista e excludente no cenário cultural chileno. Rayen Kvyeh constrói desde a autogestão mecanismos para divulgar seu trabalho artístico e o coloca à serviço das causas mapuche, estando presente nas manifestações, mobilizações e greves dos presos políticos e na defesa dos recursos da terra.

CONSIDERAÇÕES FINAIS

Quando pensamos nos processos de produção de subjetividades, é importante estabelecer as chaves analíticas que serão utilizadas. Nesse sentido, a escrita de si (FOUCAULT, 1992) representa uma ferramenta que contribui com a compreensão da dimensão social a partir das transformações dos indivíduos que, através das práticas de si, conseguem criar experiências a partir da autonomia e a liberdade. Porém, foi necessário procurar outras fontes que contribuíssem na compreensão dos contextos das mulheres indígenas. Assim, a *Escrevivência* (EVARISTO, 2007) de Conceição Evaristo e as provocações de Glória Anzaldúa (1981) direcionadas às escritoras do terceiro mundo, enriqueceram a análise da escrita de si a partir de elementos, como a oralidade, as narrativas subalternas e o resgate da memória familiar. Consideramos que, através das práticas de si, principalmente a partir da escrita, as mulheres poetas mapuche constroem processos de vida nos quais se contrapõem às imagens controladoras em relação ao seu pertencimento étnico, gênero e classe social.

Com o objetivo de compreender a formação dos sujeitos desde os seus contextos específicos, construímos uma narrativa que começou com uma contextualização histórica, geográfica e epistemológica do povo mapuche. Concepções em torno da constituição dos sujeitos, do território e da natureza são levadas em consideração para entender as relações sociais subscritas desde essa forma de pensamento. Na tentativa de nos guiarmos pelo *Mapuche Rakizuam*, compreendemos que na constituição do *Che* o território possui relevância assim como o vínculo estabelecido com ele e com todos os elementos que nele habitam desde uma dinâmica relacional.

Respondendo ao desafio do conhecimento situado, é importante saber qual é o lugar de enunciação das mulheres mapuche enquanto artistas e escritoras para compreender a relevância das trajetórias citadas e a potência transformadora das suas histórias de vida em contextos de precarização da cultura mapuche. Na primeira parte foi fundamental problematizar a imposição do projeto colonial nos territórios ancestrais, considerando que existem vários níveis em que este projeto se expressa, principalmente em relação à subjetividade das mulheres indígenas, estruturando a sociedade moderna de forma que elas sejam desumanizadas e relegadas ao trabalho doméstico. Durante a realização das entrevistas e a leitura das obras ficou explícita a importância do entorno familiar composto por outras mulheres que contribuíram no processo de afirmação e valorização do mapuche para enfrentar contextos de racismo e pobreza.

Nessa perspectiva, apresentamos as trajetórias das escritoras mapuche e os processos de construção da subjetividade. Observamos como, através do exercício da escrita e da luta pela publicação das suas obras, abrem espaços para criar narrativas sobre si mesmas e sobre seu povo. Destacamos Rayen Kvyeh, que criou um projeto literário e político e configura a sua vida cotidiana a partir da autogestão como forma de difundir seu trabalho e fortalecer o cenário cultural local de maneira independente.

Outras narrativas também são criadas para refletir sobre os cruzamentos entre o Ocidente e o ser mapuche, Maribel Mora Curriao aponta aspectos que fortalecem o debate em torno das concepções sobre gênero e feminismo. A partir de suas reflexões, compreendemos que não se identificam com as referências de submissão feminina, pelo contrário, as mulheres são figuras representavam fortes lideranças na organização familiar. As narrativas das escritoras se distanciam do feminismo como uma categoria com a qual se identificam, por parecer alheio à realidade cotidiana delas. É importante levar em consideração os veículos pelos quais o feminismo tem ingressado nos discursos da população, principalmente através da academia, o que pode contribuir ao distanciamento entre estes contextos. Cabe considerar que as novas gerações de mulheres mapuche identificam-se com o feminismo uma vez que estas têm tido maior acesso ao meio acadêmico e que os discursos sobre o feminismo têm maior alcance. Foi interessante constatar o posicionamento crítico que elas expressam, já que ainda que não se identificam como feministas, existe um olhar crítico a respeito das dinâmicas de gênero e poder dentro da cultura mapuche, assim como existem constantes problematizações em torno da tradição. Gostaria de ressaltar as problematizações que Maribel Mora levanta a respeito do feminismo hegemônico, que subalterniza a mulher indígena, desvalorizando seu vínculo com a natureza, assim como os papéis ligados à maternidade. A obra de Graciela Huinao está focada no resgate da linhagem familiar feminina como fonte de conhecimento. Uma de suas motivações para escrever é o resgate da história e do saber das mulheres de sua família, para que elas não sejam esquecidas.

Assim, Maribel Mora afirma que diante do apagamento da cultura mapuche, produto do projeto colonial, é o resgate da memória ancestral que permite o fortalecimento do processo identitário. Rayen Kvyeh reivindica o vínculo com a natureza a partir do engajamento político, considerando que a defesa do território significa também a defesa da vida que habita nele, e, em consequência, que permite a continuidade da forma de vida mapuche ou *Mapuche Mongen.*

Na terceira parte do trabalho utilizamos a escrita de si (FOUCAULT, 1992) em diálogo com a *Escrevivência* (EVARISTO, 2007) como chaves analíticas para abordar os limites entre a escrita e a experiência de vida, e observamos que, no caso das mulheres negras e indígenas, este processo se constitui como uma forma de conhecimento a partir da tradição oral. Foram fundamentais as contribuições da escritora Glória Anzaldúa (1981) para pensar nas condições que cada escritora cria ao longo de sua vida com o fim de desenvolver e assumir a escrita como uma atividade vital. A partir dessas abordagens analisamos alguns elementos que foram constitutivos para a definição das trajetórias das mulheres, tais como a afirmação identitária enquanto mulheres mapuche, e os processos que as levaram a se definirem como escritoras. Nesse sentido, questões em torno do território, do corpo, da privação, ausência e, por vezes, presença do *mapudungun* como língua ancestral, tornam-se fundamentais para abordar esta análise.

O *kvme mongen* ou bem-estar integral mapuche vai além do bem-estar físico e espiritual. Corresponde ao equilíbrio entre os seres humanos e não humanos que habitam no território mapuche. A privação do território e a precarização das formas de vida mapuche, tem mobilizado as lutas que reivindicam a soberania e autonomia política do povo mapuche no território, em cujas pautas estão inclusas a luta pela soberania alimentar e pela soberania dos corpos. A visão do *kvme mongen* opõe-se aos modelos econômicos extrativistas e desde um plano estrutural propõe uma mudança de paradigma a respeito das relações que se estabelecem com o território.

A atividade investigativa deixou alguns desafios em aberto para o aprofundamento desta pesquisa. O conhecimento situado enquanto epistemologia feminista permite estabelecer relações mais transparentes a respeito dos interesses e motivações de quem investiga e dos interlocutores que participam da investigação. Não obstante, no trabalho de campo se apresentam desafios que levam a questionar as relações assimétricas que se desenvolvem a partir do papel diferenciado entre pesquisador e sujeito da pesquisa. Elementos como a presença de um gravador ou de um caderno de anotações mudaram o tom das entrevistas ou conversas realizadas em campo, representaram a distância que separa o mundo acadêmico e a vida cotidiana das escritoras. Torna-se relevante pensar desde as epistemologias feministas, técnicas e instrumentos de pesquisa que sejam sensíveis ao resgate da memória oral, da tradição oral. Isso inclui também o resgate das línguas indígenas que foram apagadas pelo projeto colonial e que se expressa nas subjetividades das mulheres como uma grande ferida, um vácuo, uma incógnita na constituição da própria identidade.

Indagar sobre a potência transformadora das trajetórias de vida das mulheres poeta mapuche pode contribuir para os questionamentos que se tornam pertinentes ao pensar nos feminismos, como um pensamento plural, mas não isento de disputas e desigualdades. Por isso, as experiências das mulheres indígenas que escrevem desde as margens levantam críticas direcionadas ao feminismo hegemônico, branco e eurocentrado que as torna subalternas. Neste sentido, e concordando com Karina Bidaseca (2011):

> Uno de los límites que presenta el feminismo hegemónico como discurso emancipatorio es que, por un lado, separa a las mujeres de la lucha de sus pueblos, y por otro, al enfatizar el derecho a la igualdad se descuida la intersección de la clase y la etnicidad, además del género y el sexo. (BIDASECA, 2011, p. 373)

A perspectiva das mulheres indígenas diferencia-se do feminismo hegemônico, pois no centro de suas práticas emancipatórias encontra-se a comunidade, e com ela o território, e a luta pela autodeterminação. Estes feminismos são interpelados pelas experiências das mulheres indígenas que lutam pelo fim da violência contra suas comunidades, distanciadas dos discursos institucionais sobre equidade, já que, para além dos limites institucionais, as mulheres indígenas apostam nas mudanças estruturais. Karina Bidaseca questiona:

> A través de qué vías viajan las teorías feministas y sus conceptos fundacionales?; Cómo se traducen luego en contextos históricos y geográficos diferentes?; qué lecturas reciben las categorías analíticas feministas cuando pasan de un contexto a otro? (BIDASECA, 2011, p. 362)

Podemos pensar que, por exemplo, um dos veículos do feminismo nos territórios das mulheres indígenas foram os programas institucionais vindos do Estado ou do setor não governamental que tentam encaixar as dinâmicas comunitárias dos povos indígenas nos modelos de desenvolvimento. Por outro lado, desde a academia o feminismo apresenta problemas de tradução tomando como referências as categorias analíticas do norte global, branco e europeu, trazendo-as para os nossos contextos do sul global.

> Es nuestro propósito contribuir a reflexionar en este espacio acerca de las tensiones que propone la observación e incorporación de los discursos y experiencias de las mujeres indígenas, campesinas y rurales asalariadas sobre el feminismo hegemónico-occidental. El objetivo principal es recuperar las voces de las mujeres y sus experiencias para elaborar un análisis que desoculte desde el universalismo etnocéntrico la complejidad constitutiva que caracteriza la vida estas mujeres. Incluida su "demora" en la construcción de una agenda "feminista" indígena. (BIDASECA, 2011, p. 364)

Torna-se essencial recuperar as narrativas das mulheres dos povos indígenas para interpelar as teorias feministas, para, assim, construir novos saberes que transformem a matriz colonial do conhecimento, que respeite os processos de emancipação das mulheres indígenas sem tentar encaixá-los em categorias pré-estabelecidas. O feminismo branco eurocentrado precisa questionar a sua retórica salvacionista em relação às mulheres indígenas, ou do sul global, e repensar suas dinâmicas de emancipação focadas no indivíduo. É urgente construir conhecimentos baseados na autonomia das mulheres, desde os seus territórios e culturas, assim como é necessário que os feminismos estejam fundamentados nas lutas antirracistas, anticoloniais e anticapitalistas com o fim de recuperar o seu potencial de transformação.

REFERÊNCIAS

ANDAUR, R. (2012). *Poesía mapuche contemporánea: Identidad y resistencia política desde la ciudad.* Dissertação de Mestrado em Comunicação Política. Santiago de Chile. Universidad de Chile.

ANTILEO, E. (2004). Trabajo racializado. Una reflexión a partir de datos de población indígena y testimonios de la migración y residencia mapuche en Santiago de Chile. IN: MERIDIONAL, *Revista Chilena de Estudios Latinoamericanos. Santiago de Chile.* n. 4, 71-96.

ANTILEO, E.; ALVARADO, C. (2018). *Fütra Waria o Capital del Reyno (1927-1992),* Escrituras, imágenes e historias de la migración mapuche 1927-1992. Santiago de Chile: Ediciones Comunidad de Historia Mapuche.

ANZALDÚA, G. (2000*)*. Falando em línguas: uma carta para as mulheres escritoras do terceiro mundo. IN: *Revista Estudos Feministas. Florianópolis*, v. 8, n. 1, p. 229-236.

BACIGALUPO, A. M. (2002). La lucha por la masculinidad del machi: Políticas coloniales de género, sexualidad y poder en el sur de Chile. IN: *Revista de Historia Indígena. Santiago de Chile*, n. 6, p. 29-64.

BIDASECA, K. (2011). Feminismo e indigenismo. Puente, lengua y memoria en las voces de las mujeres indígenas del sur. IN: *Feminismos y pos-colonialidad: Descolonizando el feminismo desde y en América Latina.* Buenos Aires: Ediciones Godot Argentina.

BONDER, G. (1999). Género y subjetividad: Avatares de una relación no evidente. IN: MONTECINO, S.; OBACH, A. (ORGS.). *Género y epistemología. Mujeres y disciplinas*. Santiago de Chile: LOM Ediciones.

BRITTO DA MOTTA, A. (1999). As dimensões de gênero e classe social na análise do envelhecimento. IN: *Revista Cadernos Pagu, Campinas*, n. 13, p.191-221.

CALFIO, M. (2016). Cuerpos Marcados. Comunidades en Construcción. IN: PAINEMAL, M.; ÁLVAREZ, A. (ORGS.). *Mujeres y Pueblos Originarios. Luchas y resistencias hacia la descolonización*. Santiago de Chile: Editorial Pehuen.

CHAMORRO, C. (2014). *Subjetividad y desplazamiento: las poetas mayas yucatecas y las poetas mapuche en el contexto de la reciente visibilización de las literaturas indígenas en america latina (1990-2013)*. Tese de Doutorado. Tese de doutorado em Estudos Latino-Americanos. Universidad Nacional Autónoma de México. Ciudad de México.

EVARISTO, C. (2007). Da grafia-desenho de minha mãe, um dos lugares de nascimento de minha escrita. IN: ALEXANDRE, M. A. (ORG.). *Representações performáticas brasileiras*: teorias, práticas e suas interfaces. Belo Horizonte: Mazza Edições, p. 16-21.

FEDERICI, S. (2010). *El Calibán y la Bruja*: Mujeres, Cuerpo y acumulación originaria. Buenos Aires: Editorial Tinta Limón.

______________. (2004). *Calibã e a Bruxa*: Mulheres, Corpo e acumulação originária. Tradução Coletivo Sycorax. Disponível em: https://we.riseup.net/assets/349834/Federici,+SIlvia+Caliba+e+a+bruxa_pdf.pdf. Acesso em jun. 2017.

FOUCAULT, M. (2011). *A coragem da verdade*: O governo de si e dos outros II. Curso no Collège de France (1983-1984). São Paulo: Martins Fontes.

______________. (1992). A escrita de si. IN: *O que é um autor?* Lisboa: Passagens, p. 129-160.

FLORES, F. (2011). Entrevista a Maribel Mora Curriao. IN: *Revista ISEES*. Santiago de Chile. n. 9, p. 155-167. Disponível em: dialnet.unirioja.es/descarga/articulo/3777540.pdf. Acesso em abril 2018.

GARCÍA, E. (2017). *Zomo Newen*: Relatos de vida de mujeres mapuche en su lucha por los derechos indígenas. Santiago de Chile: LOM Ediciones.

GARCÍA, M. (2006). El discurso poético mapuche y su vinculación con los "temas de resistencia cultural". IN: *Revista Chilena de Literatura. Santiago de Chile*, n.68. p. 169-197.

GARGALLO, F. (2015). *Feminismos desde Abya Yala: Ideas y proposiciones de las mujeres de 607 pueblos en nuestra América.* Bogotá: Ediciones Desde Abajo.

HARAWAY, D. (1995). Saberes localizados: a questão da ciência para o feminismo e o privilégio da perspectiva parcial. IN: *Revista Cadernos Pagu.* Campinas. v. 05, p. 07-41.

HARDING, S. (1998). ¿Existe um método feminista? IN: BARTRA, E. (ORG.). *Debates en torno a una metodología feminista.* México: Editora UNAM, p. 09-34.

____________. (1993). A instabilidade das categorias analíticas na teoria feminista. IN: *Revista Estudos Feministas*, Florianópolis, v. 1, n. 1, p. 7, jan., p. 07-31.

HILL COLLINS, P. (1990). *Black feminist thought*: knowledge, consciousness, and the politics of empowerment. Nova York/Londres: Routledge.

____________________. (2016). Aprendendo com a outsider within: A significação sociológica do pensamento feminista negro. IN: *Revista Sociedade e Estado*. Brasília. v. 31, n. 1., p. 99-127.

HUINAO, G. (2009). *Walinto*. Santiago de Chile: Editorial Cuarto Propio.

______________. (2010). *Desde el fogón de una casa de putas williche.* Osorno: Ediciones caballo de mar.

______________. (2015). *Katrilef: Hija de un ülmen mapuche.* Relato de su vida. Santiago de Chile.

LUGONES, M. (2014) *Rumo a um feminismo descolonial.* Estudos Feministas. v. 23, n. 03, p.935-952.

LLAMUNAO, C. (2016). Re-presentación de las mujeres en el relato testimonial Katrilef de Graciela Huinao. IN: *Revista Documentos Lingüísticos y Literarios*. Santiago de Chile. n. 34. p. 67-79.

MARIMÁN, P; CANIUQUEO, S; MILLALÉN, J. (2006). *¡...Escucha, winka...!* Cuatro ensayos de historia nacional Mapuche y un epílogo sobre el futuro. Santiago de Chile: Ediciones LOM.

MCLAREN, M. (2016). Foucault Feminismo e Subjetividade. São Paulo: *Intermeios*.

MORA CURRIAO, M. et al. (2006). *Hilando en la memoria*. 7 mujeres Mapuche. Santiago de Chile: Editorial Cuarto Propio.

MORA CURRIAO, M. (2010). *Kümedungun/Kümewirin:* Antologia poética de mujeres mapuche (siglos XX-XXI). Santiago de Chile: Ediciones LOM.

______________________. (2014). *Perrimontun*. Santiago de Chile: Editorial Konünwenu.

______________________. (2012). Poesía Mapuche del siglo XX: escribir desde los márgenes del campo literario. IN: *Ta iñ fijke xipa rakizuameluwün*. Historia, colonialismo y resistencia desde el país Mapuche. Temuco: Ediciones Comunidad de Historia Mapuche.

MOHANTY, C. (2008). Bajo los ojos de Occidente: Academia feminista y discurso colonial. IN: SUAREZ, L.; HERNANDEZ, A. (ORG.). *Descolonizando el Feminismo*: Teorías y Prácticas desde los Márgenes, Madrid: Editorial Cátedra.

MORAGA, F. (2012). *Autoproducción de subjetividades fronterizas en la poesía actual de mujeres mapuche*. Tese de Doutorado. Tese de Doutorado em Literatura, Menção Literatura Chilena e Hispano-americana. Universidad de Chile, Santiago de Chile.

MUYLAERT, C. J. et al. (2014). Entrevistas narrativas: um importante recurso em pesquisa qualitativa. IN: *Revista da Escola de Enfermagem da USP*. São Paulo, v. 48, p. 184-189.

PAINEMAL, L. (2015). Paz en La Araucanía: Observaciones a su diagnóstico y propuesta. IN: *Revista Chilena de Derecho y Ciencia Política*. v.6, n.3, p. 123-145. Disponível em: portalrevistas.uct.cl/index.php/RDCP/article/view/965.

PAREDES, J. (2010). *Hilando fino desde el Feminismo Comunitario*. La Paz: Cooperativa El Rebozo.

PICHINAO, J. (2015). La mercantilización del Mapuche Mapu (tierras mapuche). Hacia la expoliación absoluta IN: *Awükan ka kuxankan zugu Wajmapu mew*. Violencias coloniales en Wajmapu. Temuco: Ediciones Comunidad de Historia Mapuche.

PINCHULEF, C. (2014). *Mujeres mapuche en lucha por la tierra: reivindicando derechos y utopías comunitarias frente al patriarcado*. Dissertação de Mestrado. Dissertação de Mestrado em Ciências Sociais, Menção Gênero e Desenvolvimento. FLACSO, Equador.

QUIDEL LINCOLEO, J. (2016). Quiebre ontológico a partir del contacto mapuche hispano. IN: *Chungara, Revista de Antropología Chilena*. Arica, v. 48, n.1, p. 713-719.

RAGO, M. (2013). *A aventura de contar-se: Feminismos, escrita de si e invenções da subjetividade*. São Paulo: Editora Unicamp.

______________. (1998). Epistemologia Feminista, Gênero e História. IN: PEDRO, J.; GROSSI, M. (ORGS.). *Masculino, Feminino, Plural*. Florianópolis: Editora das Mulheres, p. 21-42.

______________. (2011). Escritas de si, Parrésia e Feminismos. IN: VEIGA-NETO, A.; CASTELO BRANCO, G. (orgs). *Foucault, Filosofia e Política*. Belo Horizonte: Autêntica Editora, p. 251-267.

RAYEN KVYEH. (2017). *PAZificación de la Araucanía: El despojo en manos del Estado en el territorio mapuche*. Temuco.

______________. (2011). *Luna de las cenizas*. Luna de cenizas. Temuko: Mapu Ñuke.

RIBEIRO, D. (2017). *O que é lugar de fala?*. Belo Horizonte: Letramento.

RIVERA CUSICANQUI, S. (2010). *Ch'ixinakax utxiwa:* una reflexión sobre prácticas y discursos descolonizadores. Buenos Aires: Editorial Tinta Limón.

RODRÍGUEZ, E. (2014). El cuerpo como (pre) texto literario. IN: *Revista Estudios Avanzados*. Santiago de Chile n. 21, p. 91-110.

SÁNCHEZ, J. G. (2015). Los esbirros no han logrado/apagar/La luz de la luna: Rayen Kvyeh. IN: *Revista Maguaré*. Bogotá, v. 29, n. 1, p. 21-53.

SEGATO, R. Gênero e colonialidade: em busca de chaves de leitura e de um vocabulário estratégico descolonial. IN: *e-cadernos* CES. Disponível em: https://journals.openedition.org/eces/1533. Acesso em 22 dez. 2018.

SPÍVAK, G. (2010). *Pode o subalterno falar?* Belo Horizonte: Editora da UFMG.

VÁSQUEZ, A. (2015). Expedientes del dolor: mujeres mapuche en la frontera de la violencia (1900-1950). IN: *Awükan ka kuxankan zugu Wajmapu mew*. Violencias coloniales en Wajmapu. Temuco: Ediciones Comunidad de Historia Mapuche.

VIDAL, E. (2017). Espacio y tiempo en la construcción del aprendizaje rakizuam ka mapuzungun, a partir del saber de algunos kimche del bafkeh mapu. IN: BECERRA, R.; LLANQUINAO, G. (ORGS.). *Mapun Kimün*: Relaciones mapunche entre persona, tiempo y espacio. Santiago de Chile: Ocho Libros Editores.

VALENTINA PAZ BASCUR MOLINA

é mestre pelo Programa de Pós-Graduação em Estudos Interdisciplinares sobre Mulheres, Gênero e Feminismo na Universidade Federal da Bahia. Possui bacharelado em Ciência Política e Sociologia — Sociedade, Estado e Política na América Latina, pela Universidade Federal da Integração Latino-americana — Unila. Pesquisa sobre processos de construção de subjetividades de escritoras indígenas mapuche, assim como tem interesse nos estudos sobre expressões artísticas dos povos indígenas da América Latina. Nasceu e cresceu em Temuco, território de Wallmapu, Chile. Reside no Brasil há nove anos.

Foto: Fabián Rupayán.